内在的贵族

过承祁 著

中国出版集团
现代出版社

图书在版编目（CIP）数据

内在的贵族 / 过承祁著. -- 北京：现代出版社，2015.9

ISBN 978-7-5143-4004-4

Ⅰ.①内… Ⅱ.①过… Ⅲ.①随笔－作品集－中国－当代 Ⅳ.①I267.1

中国版本图书馆CIP数据核字(2015)第206027号

内在的贵族

作　　者	过承祁	
责任编辑	李　鹏	
出版发行	现代出版社	
地　　址	北京市安定门外安华里504号	
邮政编码	100011	
电　　话	010-64267325　010-64245264（兼传真）	
网　　址	www.1980xd.com	
电子邮箱	xiandai@vip.sina.com	
印　　刷	北京一鑫印务有限责任公司	
开　　本	880×1230　1/32	
印　　张	7	
版　　次	2015年9月第1版　2022年7月第2次印刷	
书　　号	ISBN 978-7-5143-4004-4	
定　　价	36.80元	

目 录 CONTENTS

老子就是宁静的花朵

我什么也不说

只是完完全全地生活

像花朵

在你或他的身旁

静静地开放并凋落

我只需要静静地开放与凋落

不必做出无谓的选择

对你对他对自己

我都没有什么好说

不要相信一些无稽之谈

比如关于花的美丽传说

是时间选择了我

并让我在有限的时间里

实现宿命中的自我

我本不为人知

你对我的赞歌

只是一个无法预料的巧合

智　慧

我算不算是个有智慧的人？我参与了许多许多策划，让有的人成为千万富翁，但我自己想买一套能读书、藏书、画画、写字的房子，却买不起。出版书要省吃俭用一年半载，而且又不是什么畅销书，所以大多都蚀本。我想自己变成一个专家的同时，好像什么也没达到。我修行的都是一些帮助别人的道道儿，对自己却不能直接产生作用，或者根本不产生作用。武学大师说最厉害的武功是爱，智慧大师也会说最大的智慧也是爱。我想也是。

空 无

———•———

空无是不是两个生命之间一个宁静的存在或者是更为热闹的喧嚣。

当我处在有生命的时候，我怎能明白什么时候是空，什么是无？如果说能的话，我只能是想象与猜测。

死　敌

——————●——————

我们常常说谁是谁的"死敌"，看来最大的"敌"莫过于"死"。印度的奥修说"死"不是"敌"，是比友更为亲密的自己。认为"死"是"敌"的人生命无法安逸，自己成为自己的敌人是何等的辛苦。

其他的敌人都可能不是敌人，甚至可以化敌为友，唯有死亡，成了一生的从不放手的敌人。

人生来就是与自我抗争，就是在跟自己过不去。

模糊的时间

我们原本在模糊的时间里生存，我们和朋友喝酒，抱着女人做爱，教孩子唱歌，生命是长还是短，是不知不觉的。是谁把时间理得那么清晰，于是滴答滴答，那个本是滴水的声音，那明亮晶莹的滴水声，让我们变得紧张。

如果没有时间，我们就没有成长或衰老死亡。也许永远都是死亡，也许永远都是童年，也许你永远都在恋爱，也许你永远都在干同样一件事……

当超越了时间，我们会更快乐、更充实，过去、现在、未来融为一处。春天里的冬天，秋天里的冬天，冬天里的春天，冬天里的夏天……一个季节里拥有四季，开花同时又收获，收获同时又播种，还有比这个更充实的吗？

老子是生活

老子是生活，既不是高于生活，也不是低于生活。艺术概论通常把艺术说成是源于生活高于生活的。如果说高于生活是一种提升，那么低于生活就是一种堕落。老子的伟大正是因为他的平凡。

单独与孤独

你可能单独过，但你未必孤独。你可能从未单独过，但你一直很孤独。

一个把自己看得很重的人，就是让他身处人海之中，他也是孤独的。一个看重别人的人，就算是在一个孤岛也会得到人们的关爱。

玫瑰的力量

情人节会有很多人送玫瑰。这让我看到玫瑰的力量。玫瑰代表的是爱。

爱是生命，而婚姻是制度，一个制度只能保护物质与权利，它又怎么能保护、维持"爱"这样的生命？

所以有许多人选择爱，而不选择婚姻。

他或她选择了玫瑰。

为什么非要到情人节，才想送玫瑰。情人节"送"玫瑰，看起来更像是一种制度。

放　松

　　有作为的放松不是真正的放松。放松不是努力能达到的，而是放下一切努力才能达到。放松就是一种恬然的睡眠，放松不是运动而是静止，越是接近静止越是放松。

I ❤ music

静止是美

画为什么是美的？因为它是静止的。雕塑为什么是美的？因为它是静止的。有人说运动是美的。我想当运动员跑得很快的时候，你根本不知道他的动作。所以，有了慢镜头。电影的慢镜头看起来多美，就是因为它接近静止。如果你想对画面有更深印象，你就必须让画面完全静止下来，因为静止能给你足够的欣赏的时间。动画不能让你静下来欣赏，你看到动的是浮光掠影。你想想坐着飞快的车子看窗外，你能看清什么？有的人还会因此而恶心。

生命何尝不是浮光掠影？

生活的源头是静止，生命的最后也是静止的。就像胶片的定格，就像一幅静止的画，让人品味。

也许我们活得忙碌，就是为了能在最后静止的时候，像一幅美丽的画，让人欣赏……

道

2008 年 1 月 23 日这一天，我的肩膀痛了十多天了。我知道，是因为过度劳累所致，我以为得了肩周炎。我觉得自己违反了道，所以受到了惩罚。到了 2 月 14 日，疼痛仍不见好，我去了中医院检查，是颈椎轻度骨质增生，还有筋膜炎，只有进行理疗。

人做任何事都不可违背自然规律。知道、悟道、得道、循道、守道，才能保持生命的自然，享受生命的舒适。

静，就是生命的舒适。

有一个成语叫"津津乐道"。津津是很有滋味的，一个人只有乐"道"了，才能享受到生命的滋味。

阴　性

诗应当是阴性的，阴性的才美。女人是阴性的，女人是美，男人是阳性的，男人是暴力。老子是阴性的，道是阴性的。李白学道，称为谪仙人。李白是浪漫的、阴性的、美的。

打　扮

我留过长发，现在剃平头。大家都说我变了，说我变就变吧！谁不在变呢？世界每天都在变，万事万物都在永恒的变化之中。可是，我仍然有种感觉，我还是我。

剃了平头之后，好像更能让人接受。其实，我是无所谓。说不定哪天一高兴，我还会剃个光头。

只要你的打扮自己看得过去，自己感到舒服，同时并不打扰别人，最好别人也感到舒服。

我以为我的长发打扰别人了，所以剃了。谁知人们又说，你那时留长发很有味道。

我说，一样一样一样的。

问题与答案

　　没有问题，哪儿来的答案？哪里还需要答案？既然没有答案，那么哪儿来的问题？哪里还需要问题？何必多此一问？

　　许多的答案的来历，都是自找问题，然后自己回答。你这种自问自答多么无聊，简直是自找苦吃、自寻烦恼。

最近的庙宇

观世音菩萨说，"求人不如求己"。许多人到很远的庙里去求神拜佛，这份心诚令人敬佩，但没有想过，有时不必为庙宇在远方而烦恼。每个人都有一个最近的庙宇，那就是你的内心。你不必舍近求远，佛无外不在。观世音菩萨又叫观自在菩萨，你只要观照自己之内心的"在"就行了。

自　我

我们选择做"自我"的主人，还是做"自我"的奴仆？

我们如果能超越自我，就能看清自我、看全自我、把握自我。要放弃自我，到自我以外的空间去。一个时时处在自我之中的人是无论如何也做不了自我的主人的。

当你超越自我，你会发现自我与他我的共存。

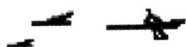

喝茶就是讲道

喝茶就是讲道，讲道就是喝茶？喝茶不仅是讲道，也是闻道、悟道。反过来说，讲道、闻道、悟道就如喝茶那么润肠、清心、清除疲劳、烦恼。

那么吃饭、睡觉、上厕所、喝酒、做爱是不是道？当然是道。就像看太阳，你感到心情舒畅，但天天看太阳，就也会心情烦躁。道一定是合乎自然的，吃饭吃多了，照样撑死你。

委曲则全

海子在《重建家园》的诗中写道："在水上　放弃智慧 / 停止仰望长空 / 为了生成你要流下屈辱的泪水 / 来浇灌家乡平静的果园 // 生成无须洞察 / 大地自己呈现 / 用幸福也用痛苦 / 来重建家乡的屋顶……"

《老子》二十二章："曲则全，枉则直，洼则盈，敝则新，少则得，多则惑。

是以圣人抱一为天下式。不自见，故明；不自是，故彰；不自伐，故有功；不自矜，故长。

夫为不争，故天下莫能与之争。故之所为曲则全者，岂虚言哉！诚权而归之。"

老子的委曲是为了保全。如果不曲就要断。海子的委曲，是为了重建家园，哪怕是要流下屈辱的泪水，哪怕是痛苦的！因为屈辱与痛苦和失去家园相比，又算得了什么？

海子在水上，放弃智慧。因为即便你再有智慧，水还是由高处往低处流。智慧是没有用的。就算你自以为是、好高骛远地仰望星空也无济于事。

"不自见，故明；不自是，故彰；不自伐，故有功；不自矜，故长。"老子也说不要去争，争了也是白争。

其实放弃智慧是最大的智慧。如果有价值，不妨委曲一下。忍一时风平浪静，退一步海阔天空。

过程是痛苦的，但结果是完美的。当下是痛苦的，未来是完美的。

逻　辑

我有一个朋友自认为很讲逻辑，只要大家不讲他的逻辑，谁不适合他的逻辑，谁就是没逻辑，谁就不讲逻辑。

且不说，从无限思维上去想，逻辑就像一根筋。就算从有限思维上去想，你也应当允许有不同的逻辑。

讲逻辑的人往往认定自己那一条。讲逻辑的人往往会让所有东西都来适合逻辑，包括他人。

我的另一位朋友是搞科研的。上级经常派专家学者来指导研究工作。每一次来，专家们、学者们都会提出自己的意见。他们的意见大多否定我朋友的研究。原因是什么呢？就是出在，我朋友的研究没有合上专家学者们的逻辑。这些专家学者与我前面提到的那朋友一样很讲逻辑。本来研究工作是在不断地实践、总结、证实，怎么可能有事先的逻辑来适合呢？因为每一次研究都是鲜活的，研究结果事先是无法预料的。如果能预料，说明这项研究已经研究过了，并取得成果了。

因为是上级派来的专家学者，不得不听他，我的朋友不得不放弃一点学术尊严，委曲求全，这个专家来，他改一改，那个学者来，他又改一改，改来改去，改成什么样，他自己也不知道。连有限的逻辑也没有了。

看来"委曲求全"也不是一条不能变的道理，就拿我的朋友来说吧，委曲他受了好几遍，根本没求到"全"，反而把一项研究搞得支离破碎。

写小说

任何事物都是矛盾的统一体。生命有男女，有长幼，有强弱，这就是矛盾。社会有矛盾，家庭有矛盾。你想到一个没有矛盾的地方去，那是不可能的。写小说就是写矛盾，让人物在矛盾中成长、强大或者消亡。情节是对矛盾的描述，是在描述不同个性的人物在矛盾中，是怎样冲突的。

所以写小说就是描述矛盾，制造矛盾，顺着矛盾的发展展开情节。小说要精彩，就是让不同个性的人物搅在一块儿，产生不同的矛盾。这样才热闹精彩。

许多现实主义的作品，就是把社会矛盾搁里面，让人物个性上的矛盾与社会这个大矛盾交织在一起。

写小说是不是要解决矛盾，要看审美需要。因为写小说不是搞政工。

渔　猎

作为休闲的垂钓、狩猎与作为食物需要的渔猎是不同的。靠着江河湖海捕鱼就等于是收割庄稼，在山林里生活的人也是这样，狩猎也等于是收割庄稼，养殖也等于是种庄稼，这是食物链，是大自然生命的法则，是合乎"道"的。

但作为休闲的垂钓、狩猎，那是人的一种娱乐，是一种以屠杀为游戏的残忍的娱乐。

距　离

两个形影不离的人，说不定，他们相隔得很远；两个相隔万里的人，说不定，他们相隔却很近。

"海内存知己，天涯若比邻。"（唐王勃《送杜少府之任蜀州》句）

咫尺天涯，有的天涯是咫尺，有的咫尺是天涯。

爱是给予

———◦◦◦●◦◦◦———

　　爱是给予而不是占有，欲望是占有而不是给予。把爱给予不同的人叫博爱。把欲望加在不同的事物或人上面叫贪婪。

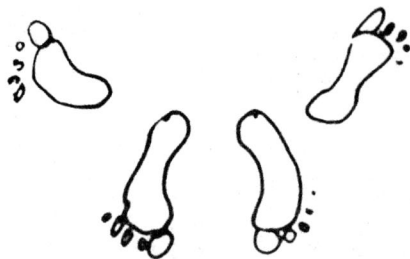

权力与财富

权力怎么能腐化一个人呢？是人在腐化权力。财富怎么能腐化一个人呢？是因为你面对财富的时候，你的心"早已"腐烂。

过日子

　　一个衣食不饱的人，他的愿望是解决温饱；一个解决温饱的人，他的愿望是过得美好；一个过得美好的人，他只有想办法让别人过得富足、美好，他才知道怎么过。否则，他便不知道怎么过日子，他就会变得孤单。

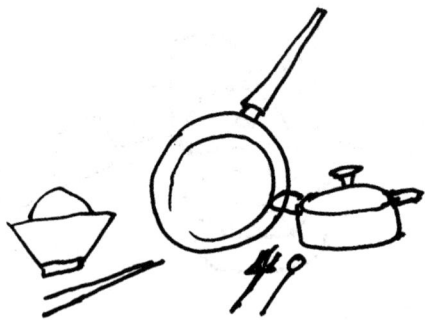

通过别人来了解自己

通过别人来了解自己，也是个很好的途径。别人也许是自己的一面镜子，关键是你怎样使用这面镜子。

太宗谓梁公曰："以铜为镜，可以正衣冠；以古为镜，可以知兴替；以人为镜，可以明得失。朕尝宝此三镜，用防己过。今魏徵殂逝，遂亡一镜矣。"

唐太宗李世民，认为魏徵就是他的一面镜子。贞观之治带来大唐国运昌盛，难道和唐太宗使用这面镜子没有关系吗？

整体观

少年时学画画，老师说画画要整体，眼睛要在画面上跑动，不要老盯着一个地方看。一个球体不能只盯着暗部，要和亮部以及周围的环境联系起来看。

整体观就是要看到矛盾的双方，也就是全方位着眼。不然，就是偏执。

佛和傻瓜

在梵文里面佛和傻瓜两个字很像，傻瓜叫作 buddhu，而佛叫作 buddha。buddhu 的字来自于 buddha。一个傻瓜是倒过来的佛。

佛和傻瓜就相差那么一点儿。人可不可以相差一点儿。放下屠刀，立地成佛。佛和魔的区别，也在于是拿起屠刀还是放下屠刀。

佛倒过来说是傻瓜，也很有意思。佛是智慧的象征，一个颠倒的智者，不是傻瓜还是什么？

卡比尔说："世界上有两种无限，其中一种是无知；另一种是神。"（奥修《莲心禅韵》）傻瓜和佛是互为颠倒的两种无限。

哲学与宗教

　　哲学是自问自答的游戏。宗教却常常是这样的，不必问，也不必答。不立文字，不可说。只是欣喜地体验，每一个惊奇都让人欢喜，而常常是，每一个平凡的人，每一个平凡的事物，都是惊奇的欢喜。

惊　奇

　　头脑是一种预先的设定。有头脑的人对自己或别人都得预先有个设定。有设定就会有限制，有限制就会排斥别的事物，排斥就会与世界格格不入。当一个人能观照别人思想、感情时就会产生一种惊奇。

　　一个心灵敞开的人无论在何处都会时时刻刻感到惊奇。惊奇是一个强烈的说明，说明你是一个相当敏锐的人。

　　因为只有敏锐的人才会感到惊奇。

疯　狂

什么叫疯狂？疯狂就是不顾自己也不顾别人。

一个人疯狂地赚钱，一定会成为富翁；一个人疯狂地读书，一定会成为学者；一个人疯狂地追求权力，一定能做官。一个人总是担心自己迷失，所以一事无成。

疯狂是不是到了无我的境界？是无我，只不过这种无我是迷失了我，我没了，自己不知道"我"在哪儿；真正的"无我"是一种忘我，自己知道"我"在哪儿，只不过把"我"搁置起来。忘了，什么时候想起，就能指出"我"在哪儿，"我"是什么样的。

当然，我是什么样，可以被指出，被体验，但道不明，一说即错。

节　奏

———◆———

　　城市的生活节奏快一些，乡村的生活节奏慢一些。慢给了一个个注视的机会，在乡村，你慢慢地看清了，看真了，看美了。慢节奏总会让人趋于平静，而快节奏就会让人躁动起来。

　　宁静才能致远。慢节奏可以让你思考得更远、更透。

　　现在我明白了，宁静是我们每个人要回的家。我想起田坂村的早晨，炊烟四起，竹林里传来了几声鸟叫。

精神病

精神病就是把自己搞分裂了，或者无法控制自己分裂。原因有来自内部的，如我执太重，欲望过强，太有头脑，努力过头，而结果又往往事与愿违。也有来自外部的，如历史上的许多政治迫害，不就把人逼疯了？

如果一个人能超越自我，我想就会精神失常（与常人不同）。原因是已经跳到自我的外面去了，离开算我的我。如果自我是一种封闭，那么就是超越。反观自我，一定要与自我保持距离。如果一个人执着自我，自己分裂了，破碎了，你就不知道哪一块是你自己了。

认识自己

你始终在成为你自己，不可能成为别的。一粒南瓜种下去，它只能成为南瓜，不可能成为西瓜。所以，一个人认识自己相当重要，认识了自己，你就知道自己将成为什么样了。

钱 与 尊 重

　　我有一个朋友赚了钱，成为一个富有的人，但他并没有获比以前更多的尊重。他想不明白，开口、闭口都是脏话、粗话，好像全世界都欠他似的。其实世界根本没有欠他，倒是他欠这个世界。赚了钱却不知回报世界，难怪得不到尊重。好像和他交往的人都在盯着他的钱，其实大家根本没有从他那儿得到钱的想法。

　　看来，一个人能不能得到尊重，和钱多钱少没什么关系。

佛的乐与悲

佛之乐一点都不兴奋，而是内心的欣喜，就像山谷深处徐徐吹来清凉的风；佛之悲一点都不伤痛，就像山谷深处流出清清的泉水。

没有伤痛的悲是"慈悲"。佛，悲而不伤，悲而不痛，悲而不哀。因为痛与哀，于事无补，伤人伤己。既不利己又不利人，不是一个大彻大悟的人所为。佛从来是关心而不担心，佛想的是拯救与普度，而不是去伤心落泪。

学会倾听

意大利的但丁说："走自己的路，让别人去说吧！"鲁迅先生还引用过这句话。我小时候的课文里也有，我们整天把它挂在嘴巴上，当作口头禅。

印度的奥修说："要听每一个人的话，但是永远都要做你自己的事。"

相比之下，但丁"执"重了，但这句话也许在特定的环境下讲，是有道理的。

现在人喜欢奥修的话。学会倾听，就能他为我用。也许就不会走错路、走弯路。因为一个人不是天生就认识路的。

当然心怀恶意的人会给你指一条不正确的路，愚蠢的人会给你指一条愚蠢的路，所以要听每一个人的话，要进行广泛深入地了解，这样做你自己的事就能选择一条正确的路。为什么要做自己的事呢？因为你只能成为你自己。

犯　傻

　　叶是个官迷，从小叶开始成长为老叶，他一直没有改过当官的理想，尽管他一直都不知道怎样做个官。求爷爷告奶奶的，终于让他当上了个班长，要知道，一个班没几个人，可是，他讲话时，总是左手叉腰，口吻则像个厂长，甚至大于厂长。每次上面来人，他总是比厂长还要先一步地上前与领导握手，而且握着就不肯放，厂长在一边急了，说，老叶，你有事先去做。老叶说，我现在没什么事。他每天下班，经过市政府门口，就会故意放慢脚步，当看到一个稍微熟一点儿的官出来，他就主动上前，亲切握手，一聊就是个把钟头。说实在的，老叶为了能当官是下足了苦功的，只要一考试，他准拿第一。就这样，他当上了副厂长。每当有点活儿，他都不做，而是吩咐下面的人做。他说，这些活儿当然是下边的人做。他喜欢讲话，不喜欢干活儿。刚当上副厂长时，厂长让他说几句，谁知他说了一个多钟头，说得全厂的职工都饿昏了头。第二天，厂里流行起一句顺口溜"天不怕地不怕，就怕叶厂长来讲话"。于是后面的会议，厂长讲完后，就会说："叶厂长你没什么事吧，散会！"后来，他的副厂长撤了，贬为"庶民"，他到处打电话求朋友专程去安慰他，安慰一次不够，要好几次。

汤被逮捕，受贿数额巨大。有个看相的说，像汤这种面相的人，不是要饭的，就是个当和尚的命。可是，怎么就当了局长？汤当局长，很讲义气。讲义气归讲义气，不该拿的钱就不应当拿，可是他拿了。因为他身边的人都拿了，比他官大的拿了，比他官小的也拿了。他要不拿，这局长肯定是当不成的。在汤看来，当官就是一种投资，之前投下去了，所以当上了。现在有了钱，也算是一种回报。可是，这钱来得太多了，所以，他仗义疏财，总是请客吃饭。也许，钱真的是太多了，他心里有些不安。他开始念佛，逢人便讲一通佛理。认识他的人都说他心善，都说他要被提拔当市领导。可是，他还是被捕了。出狱后，他觉得无法见人，去了一个没有熟人的地方，因为找不到工作，只好讨饭，后来，就在外地的寺庙出家了。

海的父亲是个局长，所以他生活得富足。他不愁钱，也不愁女人。这两样，都是主动送上门的。时间一长，他养成了挥金如土与好色的习惯。可是，父亲因为贪污入狱。出来后，年事已高。海因为好色，与老婆离婚。离婚后，孩子精神失常。海的工资并不低，但都不够他泡妞。他总说自己长得帅，谁谁的老婆喜欢他，哪哪的姑娘爱上他。自从网络世界的到来，他更是如鱼得水，恨不得全天下美女都成为他的情妇。他没有再婚，他说他过不了一个月，就会腻。他每个月都要穿过大半个中国和不同的女人睡觉。为了显示他的性能力，他长期服用伟哥。他的生活不能自理，却一天到晚搞泡泡，玩情调。有一天，孩子精神彻底崩溃了，他一下子，腰弯了，背驼了，胡子白了，工作一塌糊涂，每天精神恍惚得像个风烛残年的疯老头儿。

周是个酒鬼。他的工作在农村，并没有太高的收入，但一半的开支都在酒上。有一天，朋友发现自己舌头变成褐色，想想是因为酒的原因，就去问昨晚一起喝酒的周。周到镜子前一照，整条舌头黑黑的，像墨汁涂过了一般。朋友说都是酒多惹的祸。周哈哈大笑说，你怕了。你怕死。死有什么可怕。大丈夫顶天立地，怎么能贪生怕死？朋友说，死在酒上不值得。他说，什么值得不值得，死都一样。有一次，县里开会，朋友又相遇。周走路跌跌撞撞。朋友问，中午喝了不少吧？周歪着嘴说，喝，喝死算了！朋友这才发现，周的嘴歪了，而眉毛也白了。周得了胃癌。住院期间，他居然溜出来唱卡拉OK，还喝了啤酒。朋友问，你不是住院吗？还喝酒。他还是那句话，死有什么好怕。就算怕，喝了酒，就什么都不怕了。可是，真到了死的那一天，他怕了。他把朋友叫到跟前，劝朋友以后少喝酒。说着说着哭了。死的时候，泪水还挂在脸上。周死后，没几年，他的儿子也迷上了酒，一群小伙子酒后飙车，死于车祸。

　　四个故事中的人，很难说他们是坏人。在生活中，他对得起朋友。可是，一个个都不明生命的真相，都把生命以外的享乐当作生命的精彩。明之不可为而为之。在一本古书中写道："古今通天下、居民上者，圣贤也。其所得圣贤之名称者云何？盖谓善守一定不易之道，而又能身行而化天下愚顽者也，故得称名之。"（《金陵梵刹志》之《宦释论》）什么是圣贤？是品德高尚的知识分子。要居民上者，做个官，道德上要过关，还要明白事理，大者通天道，小者，比身边几个人总要高明点吧。如果当官只做主不做事，那就是官僚主义。如果当官就是为了显摆，那与猴戏何异？犯了罪，念佛就不用受惩罚。那佛就成了善恶不分的了。佛自然是除恶扬善的，怎么可能一念佛一烧香，就可获免呢？那佛不也受贿了吗？同流合污了吗？佛不会受贿，佛讲因果。是报应，自然有其因。欲是自然属性，没有欲，物种如何繁衍。但纵欲是人为的，不是自然属性导致的。子曰："乐而不淫。"高兴点可以，不要过了头。纵欲，不仅是身体会出现问题，

也会引发家庭问题、社会问题。在古代，还以"爱情"之名发动战争。而欲，也不仅于性与酒。犯傻，就是明知道错的可就是要去做。我想说这是犯傻，不是潇洒。

闻　道

━━━━◆◆━━━━

　　上乘的人闻道，有种心心相印的感觉，如同终于找到了知音，有一种无限的欣喜。在那个时候，他看清了自己，好像那声音就是自己发出的一样。

　　中乘的人闻道，有种仰止的感觉，如同听到天上洪钟大吕。他看到了神佛，他虔诚地跪拜。

　　下乘的人闻道，有如在地下一个很深的洞里，他根本听不到天上的声音，就算天上打雷也听不到。但没关系，因为中乘的声音就在洞口，它在呼唤着洞里的人。

大　师

当你不能忘记你平生所学，你只能是个工匠，而不是一个大师。真正的艺术家，是不需要什么技巧的。只有业余的人才需要技巧。我的母亲责怪我不教女儿画画，其实我是不想让女儿成为一个画匠。我只是鼓励女儿画，偶尔和女儿谈谈，带她去看看画展。女儿的画很不错，我替她收藏了不少作品，我觉得是天才之作，其实每个孩子都是天才。后来，女儿加入了幼儿园的绘画班，就再也画不出从前的画了。

法国大画家高更失明时说看到了最美的画。贝多芬失聪的时候创造了最美的音乐。最美的画不是用笔墨、油彩和技巧完成的，而是用心完成的。

真正的大师不在乎画布、纸、颜料、笔什么的，也不在乎怎么用笔，他没有设定，只有不断地体验生成。吴冠中说："笔墨等于零。"吴冠中是大师，我看吴冠中的画一点也不累，只有轻松和欢喜。

自　然

首先要学道，然后会道懂道，最后成为道的一部分，成为道的本身。

我们动不动就以这样的口吻说话，我们要征服自然，改造自然。我们不是真心对待自然，而是针对，为什么对自然的态度是"针锋相对"呢？工业革命、科技开发在一定程度上是对自然的掠夺、盘剥。自然病了，残疾了。环境变了，生态坏了。我们常说自然是我们的母亲。我们却要征服母亲，改造母亲，以暴力的态度、口吻、行为对待母亲。

环境变了，生态破坏了。我们的母亲病了，我再也吮吸不到新鲜的乳汁，我们甚至要从此失去乳汁。我们这才发现自己的错，这才发现我们要做一个孝顺的孩子。

你太有头脑了

因为你太有头脑了，所以你是个傻瓜。因为你太有头脑了，就会计划你自己要怎么样，别人又要怎么样，应该怎么样，不应该怎么样。这些都是从你自我的心里出发的。如果一个单位里个个都是这么有头脑的人，人人都在算计着自己，并算计着别人，这个单位肯定搞不好。做事，不需要太有头脑。是这样，就这样好了，顺着它的规律去做就好了，因为这样做原本就是最合理的。新花样、新花头、别出心裁、背道而驰，注定要失败。

装聪明的人

　　你可能见过装傻、装笨的人，但你可能没见过装聪明的人。我见过。装傻、装笨的人是为了让别人以为自己是傻、笨的人，让别人不知道自己有多聪明，他在算计着别人，让人防不胜防。

　　装聪明的人是为了让别人以为自己是个聪明的人，担心的只是面子。有人会说，他都知道自己傻、自己笨，说明他并不傻、并不笨。人贵有自知之明，有了自知之明，还能是笨蛋、傻瓜吗？

　　其实，他认为自己是笨蛋、傻瓜不是自知，而是人家说的。人家对他说，你这个傻瓜、笨蛋。他就信了。人家又说，你为什么不能像某某那样聪明？于是，他就去模仿那个人。结果，他越模仿得像，人家越觉得他像个傻瓜。当人家问问题时，他会深深地吸一口烟，深沉的，装作很爱思考问题的样子，很长时间，慢慢把眼睛睁开，要么不说话，要么说不

出话，要么不知所云地乱说。

真正聪明的人是用不着多想的。

还有，很多傻瓜会被当作有智慧的人，而有智慧的人，却常常被当作傻瓜。

其实任何一句平常的话，都可以是一句很有智慧的话。只要听的人会去想就行了。

一个有智慧的人曾经说过一句话，后来，一个傻瓜也说了，你就有认为他是个智者。

一个傻瓜曾经讲过一句话，后来，一个智者也说了，你就认为他是一个傻瓜。

所以，我们不能光听他说的话，而要看他做的事。

前面那个傻瓜，真是个傻瓜，因为人家说他是傻瓜，他就信了，他没有自觉。一个有智慧的人不仅能自觉，而且能觉他。

鼻　子

和动物相比，人类有许多器官在退化。比如鼻子。猪和狗的鼻子有多灵？人是无法与之相比的。鼻子和性爱有关。公猪凭着鼻子可以找到很远地方的母猪。狗靠鼻子知道，哪条母狗是适合自己的。其实，女人在需要做爱的时候，也会发出一种气味，但男人的鼻子一般很难嗅到。男人要经过静下心来，才能嗅到。有时女人为了让男人嗅这种气味，会把澡洗得很干净，并建议男人也要洗，就是为了不要让身上杂七杂八的气味，干扰女人味。

因为男人鼻子实在是退化了，所以女人搽香水。她要把一种女人味强调出来。用强烈的发自她身体表面的气体，来刺激男人早已退化的嗅觉。

所以，平时爱搽香水的女人，一般欲望都比较强。

这是一个生理的鼻子，还有一个心理的鼻子。生理的鼻子在退化，心理的鼻子却没有。女人身体可以如花一样散发

香味。女人的其他方面也可以如花一样散发香味，但就需要男人有一个心理的鼻子。

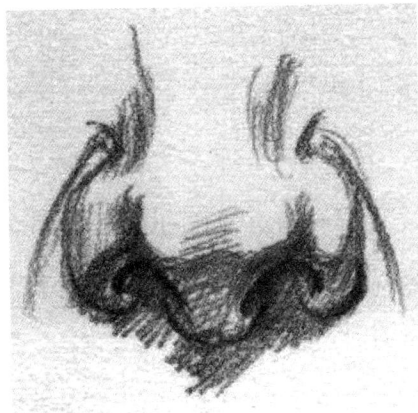

静 心

静心，可以去掉蒙尘，就像一面镜子，恢复了明净。这时可以清楚地观照，并惭入开悟之境。

在南北朝的时候，佛教禅宗传到了第五祖弘忍大师，弘忍渐渐地老去，他要在弟子中寻找一个继承人，所以他就对徒弟们说，大家都做一首有禅意的诗，看谁做得好就传衣钵给谁。神秀在院墙上写了一首："身是菩提树，心为明镜台。时时勤拂拭，勿使惹尘埃。"

而这事，被厨房里的一个火头僧——慧能禅师听到了。慧能是个文盲，他不识字。他听别人说了，就说这个人还没有领悟到真谛。于是他自己又作了一首，央求别人写在了神秀所作的旁边："菩提本无树，明镜亦非台。本来无一物，何处惹尘埃？"

悟也是要机缘的。慧能不识字，但他的机缘到了，神秀的机缘没到。

你的机缘到了该做什么，你就做什么吧。现在我要静心，让自己像一面明净的镜子，让世界映入我心。

我为什么不能赚钱

你为什么不能赚钱？我说，我没那方面的本事。你不是没本事，你这个人就是懒。我说，不是，我有其他的事要做。还有什么比赚钱更重要的？

为什么你的许多同学、朋友能赚那么多的钱？你为什么不能？我说，人各有志，我没有太多这方面的愿望。

你有愿望就一定能赚钱？我说，总比没愿望多一点吧。

你的愿望是什么？我要的是生命的恬然。我想起在东海之滨，我的同学对我说："有的人四十岁前拼命赚钱，四十岁以后拼命花钱买药。"

许多人只看到我身边比我有钱的人，没有看到我身边比我贫穷的人，那些人也是我的同学、朋友。

我去过浙江以外的许多地方，比如江西、安徽、云南、贵州，我发现我自己原本还是个有钱人。我要对得起大自然的给予。

　　我为什么不能赚钱？其实，我能。我已经赚了，只是，我没有把钱直接放入自己的口袋，而是放入许多人的口袋。我也没有直接参与我的分配。

人　性

—————•❦•—————

　　如果不是按照一个孩子的智力特点、愿望来教育、培养孩子，而是根据家长、老师的愿望、梦想来教育、培养，那么是你就不是一个健康的家长和老师。

　　一个国家如果不是按人性来管理，而是按统治阶级的意志来管理，就不是一个健康的国家。

　　教育如果不是以人为本，而是考虑统治集团利益，按阶级意志在办教育，就不是一个健康的教育。

　　健康的政治、健康的教育都是人性化的。

放　弃

我的同事要我写"决不放弃"四个字，送给一个学生，勉励他要坚持努力学习，不要害怕失败。其中"不"字，我是用草书写的，有人不认识草书，念成"决心放弃"，说这样不好。我说其实"决心放弃"的境界更高。一个人如果能做到放弃，而不是想得到，那是很有修为的。舍得，舍得，能舍才能得，舍就是得，舍才是得。

对于一个孩子，应当有一些追求。他本来就没有，你教他放弃，他拿什么放弃呢？对于一个已经拥有的人，才应当学会放弃。

当我讲这些道理的时候。同事说："刚刚下过雨了！"

我觉得这个事件很有禅机，我笑着说："你的道行比我高。"

学习目的

我们当老师的经常批评学生学习目的性不明确。几乎所有的人在学生时代都写过"长大了要做什么"之类的作文。于是，未来的一个职业，一份工作成为自己的理想。

我小时候的理想是当个电影导演，因为我喜欢看电影，我梦想也能创造出电影神奇；我也想当作家，写一些有趣的事；我就是没有想过要当一名老师。结果，我当了老师。千万不要以为没想当老师，就当不好老师。有的人没想过会发财，可他偏偏发财了。

虽然我成了一名职业教师，但我也成为一名业余作家。当我成为一名作家的时候，我发现我学习目的不是为了当一名作家。

原来人格完美才是做学问的目的。不然，做学问就会成为一件很累人的事。我想，如果每天都能体会到人格不断地趋于完美，内心就会有说不出的欣喜。

修　养

　　人格完美的人，我们称之为圣人。人格比较完美的人，我们称之为修养好的人，修养好的人就是谦谦君子。

　　人格有缺陷的人，我们称之为修养差的人，修养差的人就是小人。

　　人格丧失，或者说是没有人格的人，我们称之为没有修养的人，一点儿修养都没有的人就是野蛮人，一个不文明的人。

读　书

死记硬背与探寻奥秘是不同的。死记硬背的读书是很痛苦的，这样的学生，他的真实身份是奴隶，是被动的，正如，摁着牛头喝水。如果读书成为你生命与生活的一部分，那么，你就在探寻生命的奥秘，在尝试生活的滋味，你就是开心的主人，是主动的。

规　则

———❀———

　　规则是为人定的吗？比如《环境保护法》，就是为那些不自觉保护环境、破坏环境的人定的，目的就是要有效地控制、制止这些行为。只有"背道""叛道"的人才需要规则，一个"得道"的人根本不需要什么规则。修养差的人要管教，不管就要犯错，犯错就会带不良后果。修养好的人，不需要管教。

我的爱

如果以发自内心的赞美去面对人，而不是用鄙夷的眼光、高傲的语气和人谈话，我相信能获得深层的满足。

有一天，我和许多人一块儿吃饭，他是这一桌人中最有钱的，所以他的口气很大，说话居高临下。可是，在座各位，谁又愿意屈居之下呢？嘴上不说，心里不知怎么看不起他。一个人放出多少鄙夷，他就会收获多少鄙夷。因为金钱的富有并没有赋予你鄙夷人的权利。要懂得欣赏别人，不要只是欣赏自己。你放出一分尊重，你才能收获一分尊重。

很奇怪，那些不爱人的人往往都爱钱，而那些过分爱钱的人往往不管别人的死活。

钱对我来说只是一种交换之中间需要，而不是我的爱。人对我来说是一种爱，大自然对我来说是一种爱。

赚　钱

我认识一个人四十岁不到就成了亿万富翁。我问他还想做点什么？他说他好不容易能一辈子再也不用赚钱，还去做什么？他从此变得空虚、无聊。我劝他还是去赚钱吧，只是赚钱的目的不一样，这次不是为自己赚。

打一开始赚钱是为了温饱；接着赚钱是为了富足。如果接下来赚钱是为了更富足，那么就变得贪婪了。从此，你的院子就变成了钱库，你就变成守财奴。但是，继续赚钱，还可以有另一种目的。那就是让更多的人赚钱，让更多的人富足。那么，你就是一个圣人，赚钱只不过是经邦济世的途径。一个人使用金钱的量是有限的。我非常敬佩一些企业家、老板、富豪。他们的财富有的自己十辈子都花不完。他们仍然在赚钱，他们的事业已经不再是为自己，而是为了更多的人，他办教育、捐灾区、帮助人们脱贫致富……

我在大同教书时的一个学生已经是个小老板了，他说，再赚点钱，他会帮助他认识的人，再赚一点，他会帮助他不认识的人。

我不反对金钱

我不反对金钱，更谈不上对金钱的蔑视。因为对我来说，钱，没有重视和轻视之分。既不会视金如粪土，也不会视金如命。在我眼里，宝玉粪土差不多，它们各有其用，粪土不能做首饰，宝玉不能种蔬菜。

你可以看不起有钱人，因为那有钱人可能"不咋地"，他可能对不住你。你怎么可以看不起钱呢？钱，又没有生命。它又不会骂人，它怎会得罪你？我不会去爱钱，也是因为钱没有生命。有人会说，你爱画，难道画有生命吗？有！画是生命的诉说。我的画，是我生命的诉说。别人的画，是别人生命的诉说。有的人不尊重艺术，是因为不尊重生命，他只在画中看到了材料。

我的朋友说他学校的校长是个很有智慧的人。校长说："钱这东西，就是赚赚来，花花掉。"我听了之后，很钦佩。钱就是要在大家的手里流通才好。试想，赚来了，不花会怎

么样？光想到花，不去赚会怎么样？

　　所以，我不觉得谈钱有多俗气；也不觉得不谈钱就有多
高雅。

人生是不定式

没有一条固定的理念，能够涵盖人生，能够解决人生中所有的事。十字架代表基督，基督是救苦救难，但你不必整天背着沉重的十字架。活学活用才是真正学到手了，教条主义哪有不失败的？无招胜有招，无法胜有法，就是告诉人们不要认死理。实战不是套路表演。人生就是实战，变数很大。事先编好的套路，又怎么能套得住莫测的人生呢？人生是不定式。

做女人真好

我出门的时候，我妻子总是要整一整我的衣领，拨一拨我的衣角，拍一拍我身上的灰尘。还说上一句："看看你都成什么样子啦？"就算我的衣领是直的，她也会把我整一整；就算我身上根本没灰尘，她也要拍一拍。男人就要有个样子。于是，我毫无担心地出门，因为我的样子被妻子调整过了，我大可自信出入各种场所。

男人的样子基本上是定的。以穿衣为例，一辈子穿来穿去，就那么几种款式。如果有变化，也是稍微变化一点。在人生的道路上，他所扮演的角色也差不多，相对也比较稳定。

女人不一样。同样以穿衣为例，她天天在变，有的女人，一个上午要换三四套，不然她就觉得没法见人。在世界因为女人而美丽的同时，男人也发出了女人善变，女人的心海底的针之感叹。男人是单色的，女人是彩色的。

有一个很爱打扮的老头儿，苦恼自己没有打扮的"权

利"，所以，整天给老伴打扮，老伴漂亮了，他心里也美了。从此，他打扮上了瘾。老伴去世了，他的爱好得不到发挥，他又不能打扮别人的老伴，别的老头也不答应。终于，他决心给自己打扮，他把自己打扮得花枝招展，人们以为他疯了，说他是个老妖精。他说，他自己觉得好就行。别人不爱看，可以别看。他这一说，别人也没话说。他是有打扮自己的权利，他不仅有打扮的权利，他还有扮成女人的权利，他甚至还有做女人的权利。

做女人真好！

女人是家

如果你是水，你就能融合、调和许多东西。你见过石头能调和其他东西吗？你见过石头跟石头能相互融合吗？

女人是水。

女人是家。男人成家，叫讨老婆，娶妻。总是要等到讨了、娶了之后才算有个家。女人成家，叫嫁。这个"嫁"字很有意思，它由一个"女"字和一个"家"字组成。这说明女人出嫁，是自己和家一起过来的。

男人出门是离家出去。女人出门是带着家在走，我们可以把它称作搬家。这方面，我相信所有的男人都有体会。如果你带着太太去旅行，你太太保证是什么都要带上，然后把你累得够呛。你一定会说："我们是去旅行，又不是搬家，我们出去开心开心还是要回来的。"男人长久没有见到妻子，然后见到，就有一种回家的感觉。军嫂到部队，就等于把家带到部队。我们常常听到在外闯世界的男人说，家里还有一

个老婆守着呢。但几乎听不到一个在外面闯世界的女人说，家里还一个老公守着呢。

　　女人是水。女人不可以是石头。当女人开始反抗，开始暴力化，和人硬碰硬，和人进行力的角逐，她就不再是女人了。武则天卷入了政治，开始斗争，当了皇帝，就没有人把她当女人了，就连她自己也没有把自己当作女人。她的孩子没有回家的感觉，她杀了自己的孩子。她的孩子哪里想得到在妈妈的怀里是最危险的。她自己都不知道自己是不是女人，她又不能算是男人，她到底算什么呢？她不明白，她只能给自己留下一座无字碑。

领导与指导

———◦◦◉◦◦———

　　有一个单位派来一个年轻的领导，这个年轻的领导水平很高，不仅年轻而且有为。他对单位的业务非常熟悉，对单位的每个细节都清楚，每项工作都会亲临指导，结果单位的工作开展得并不十分理想。因为单位的广大职工想法是，你是上级派来的领导，未必在具体的工作上比我强多少，你可以当我的领导，但你有什么资格当我的老师？后来，这个年轻的领导悟出了无为而治的道理，放手让下边的人去干，自己并不参与多少。一切不强迫、不强制去做，而顺应自然去做。他并不担心什么，用人不疑，大家该干什么干什么，结果工作就有了起色。

　　能当领导的未必能当指导。能当指导的未必能当领导。既能当领导又能当指导的，有，但毕竟少。因为人的精力有限，智力结构也不一样。

　　我们会常常看到这样的标语"欢迎上级领导指导工作"，

这句话仔细推敲是不太准确的。这说明下级不会干工作，干得不好。我觉得要改成"欢迎上级领导检查工作"为妥。

如果当领导都能做指导，领导队伍就是专家团了。如果能做指导的都能当领导，选拔干部就没那么复杂了。就算专家也未必能当指导，因为专家缺乏实战，赵国有个赵括熟读兵书，却是个纸上谈兵的理论家，一到实战就完蛋了。

刘邦指挥打仗不如韩信；运筹帷幄，决胜千里不如张良；后方动员、搞军需不如萧何。刘邦要指导各项工作，肯定不行，他也干预过韩信的工作，结果失败得一塌糊涂。他是最高领导，他也认清自己这一点，自己的才能就在管人上。你将兵，我将帅，其余的事你发挥去。

简　单

我看过一部电影，电影里的蒋介石在训示他的部下，对白是这样的："生活要简单，思想要复杂。"当时我觉得这是很精辟的一句话，很有人生哲理。

后来，我又反过来想了："生活要复杂，思想要简单。"我觉得一个人思想复杂是一件很折磨人的事，什么都要想来想去，原本不复杂的，都让脑子给弄复杂了。大脑的压力太大，未必是好事，也未必是开心的事。什么最开心？没有心事最开心。与其脑子想来想去，不如生活丰富多彩。

再后来，我觉得生活复杂，也很烦人、累人，难以清静自在。不如都简单一些吧。

没问题

当有人找你帮忙办事的时候，我们会没有二话地答复人家："没问题！没问题！"找你的人就大为放心。

问题是怎么来的？问题来自于质疑，不质疑就没问题了。不质疑等于信任。

你对领导说没问题，等于是对领导布置的任务打包票，你就会得到领导的信任与赏识；领导对你说没问题，就可以得到你的拥护，干群关系就会很和谐。

你对朋友说没问题，朋友会想到底是朋友，就是不一样。本来不一定有这么爽快。

平　凡

老子要求做一个平凡的人。平凡的人的生活是实在的，他在大地上。伟大的人的生活在大地上方，他要低头看人，人们要抬头看他，都是很累的。追求不平凡，正是一个凡夫俗子的想法。

不仅中国人这样想，外国人也这样想。荷兰画家凡·高就认为人要活得谦卑。

知　识

———◆∙❀❦●❦❀∙◆———

有时候，你什么都不知道，你可以一生平安。知道得越多越危险。我们常常在影视中，看到这样的情景。

"你为什么要杀我？"

"因为你知道得太多！"

书多读了一点，你就会觉得自己变聪明，是个很有能耐的人。如果你再多读一点，你觉得自己不过如此，和白痴没什么两样。当你觉得自己像个白痴的时候，你就会觉得周围的人都很聪明。

聪明好不好？"聪明"和其他事物一样都有它的两面性。好有好的一面。但中国有句老话"聪明反被聪明误"，还说"傻人有傻福"，这就指出了聪明也有它不好的一面。可很少有人想过，为什么傻人有傻福。傻人的傻福，在于他无争。

知识是一个喧闹的世界，"无知"是安静的，宁静来自于放弃知识。曾经有过这么一个年代，有一句口号"知识越多越反动"。后来，这句话遭到批判。难道说这句话就不具有它的两面性吗？这句话在一定条件下，它也是正确的。所以，鲁迅说："人生识字糊涂始。"结果，马上有人说，不读书了，反正越读越糊涂。

知识是千条万条的，每一条都是从一个角度、一个侧面、一个局部把握世界。知识是非知识的，而无知却是真知。

我们要把无知分作"前无知"与"后无知"。"前无知"是根本没拥有过知，"后无知"是拥有过知的。前者，就是个"盲"，后者则是"明"。

盲人摸象的故事是很有意思的。摸到耳朵的说，大象像一把扇子；摸到大腿的说，大象像一棵树；摸到肚子的说，大象像一堵厚厚的墙……你哈哈大笑，是因为你不在其中，你和象有一段距离，使你看清了象的全部。如果是个盲人，你就会接受那些盲人的话，把那些话当作知识，那么你心中的大象是什么样的呢？你去实践，正好摸到耳朵，你就会很欣慰地说："原来这一位说的是对的！"如果，你是一只蚂蚁，在大象身上，你会说这是一片无垠的大地。你必须放弃这种想法跑到很远，一看，才知道，原来你的大地是一头象。就像我们跑到很远的地方一看，我们的大地原来是个皮球。这就是"后无知"，是弃智、绝智，放弃平生所学，到无的境界，就变得博大了。

停留并不等于停止

如果我只能够留在这里，那就让我更深层次地了解这里吧！

在我独处的时候，正好让我的思想向内走，更深地了解自己。

如果我老是待在一个岗位，很久没有调动和升迁，那么正好我可以更深地了解这个岗位，我就是最了解这个岗位、这项工作的人。从某种角度上讲，我是最胜任这个岗位的人，是这个岗位的权威。

停留并不等于停止。

诗人说海

真理是相对的。

不立文字。不可说。道可道非常道，明可明非常明。记住一句话并不代表把握真理；说出一句话也并不代表把握真理。你说水是淡的，其实未必，你只有尝了才知道。

诗人说海可能是无限的意思；渔夫说海的意思和农民说土地的意思差不多。你又不是诗人自己，你又没见过海，你又怎么体会无限；你又不是渔夫，你又没见过海，你又怎么能体会海的意思。你所有的体会来自各种图片、文字那些类似海的描述，那一个个都是假假的海。

诗不讲逻辑

诗是自然流露，不讲逻辑。我随便选两个词，作练习吧。

我们选"春天"、"大海"两个词吧。

判断式：

春天是大海；大海是春天。

修饰式：

春天的大海；大海的春天。

插入"你""我"二词：

你的春天是大海；春天是你的大海。

我的春天是大海；春天是我的大海。

你的春天是我的大海；我的春天是你的大海。

你是春天的大海；你是大海的春天。

你是我春天的大海；你是我大海的春天。

……

插入"歌唱"一词：

你是我春天大海的歌唱；你是我大海春天的歌唱。

你春天大海的歌唱是我；你大海春天的歌唱是我。

"我"和"你"还可以换位：

你歌唱我春天的大海；我歌唱你春天的大海。

"我"和"春天"换位：

你我大海的歌唱是春天；你我春天的歌唱是大海。

"我"和"大海""春天"换位：

你春天，我的歌唱是大海；你大海，我的歌唱是春天。

"我"和"歌唱"换位：

你春天，大海的我是歌唱；你大海，春天的我是歌唱。

"我"和"春天""大海"二次换位：

你春天，我的大海是歌唱；你大海，我的春天是歌唱。

……

　　换位、插入，其实就这么几个词语，我可以随意地玩，因为没有固定的逻辑，甚至没有逻辑，诗的语言创作变得无限，就这么几个词，我还没有完全玩完呢……你想按逻辑能这样整？按逻辑你会觉得句子不通。如果更多的事物来到你的心灵，如果整个世界充满你的心灵，然后你处于一种"无"的心境，那么你的想象是无限的。

向前走

向前走，并不想捞点什么。没有目的。如果你觉得想捞点什么，比如说，让你捡到金子，但捡到之后，你是否可以不向前走呢？不可以！为了走得轻松，你不得不扔下金子这个负担。又比如，你遇到一群人，他们给你戴上鲜花与王冠，给你无上的荣耀与权力，但你可不可以不走呢？不可以！再比如，给你一个世界上最美的女人，你可不可以不走呢？不可以。生命必须听从大自然的呼唤，向前走……

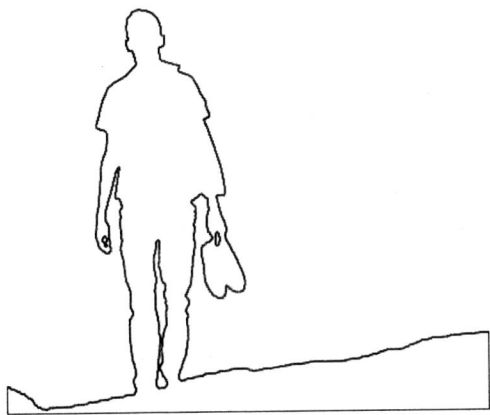

工作

我常常连续几个小时工作，密度高，一刻不停。我告诉自己要休息，要慢慢做。我就是停不下来，我想起工作还没做完。这是对自己的暴力。安静下来想一想事情原本就要慢慢做。那样才符合"道"，慢慢做自然是水到渠成。符合道就顺理成章、身心舒坦。同样是做完事情，一口气做完是完成得快一些，但后遗症很大，事后要相当长时间静养，直到疲惫消除为止。

休息是为了更好地工作，休息好，工作精力充沛。工作是为了更好地休息，工作好，衣食无忧，无忧则心安。

没有工作，衣食不饱，这样，一个人还闲得住，除非有病。一个人，宁可饿肚子，也不肯工作，他的命运会好到哪里去呢？

面 具

如果大家都习惯戴面具，那么不戴面具就会让人觉得陌生，就会让人觉得另类，不和谐，就会有被边缘的危险。

谦 虚

　　我有一个朋友，不谦虚，时时刻刻都认为自己是最了不起的。我说他不谦虚，他立刻和我比起谦虚来了。我和他开了个玩笑，我说："不不不，其实，我这个人一点儿也不谦虚！"说完哈哈大笑："现在，你说说看，我是谦虚还是不谦虚？"

　　跟人比谦虚也是不对的。因为，他把谦虚看成一种获得来争。谦就是让，是让当然不是争啰！谦虚是中华民族的传统美德。大家都想做有美德的人，这本来是好的，但美德是去做出来，而不是争出来的。谦虚这种美德就是靠让出来。结果是你要让，我比你还要让得过分。于是"让"成了另一种"争"。

完 美

完美主义者就是那种过分追求完美的人，和这样的人相处是件很困难的事，他会时不时地吹毛求疵，并且总是按照自己的理想设法修正别人。完美主义者是一个观念化的人，一个观念化的人是很难融入自然的。

"金无足赤，人无完人"，完美的人是没有的。我们说完美，那是用来赞赏艺术品的，真实的生活是不完美的。没有完美的人，也没有完美的事，这就是真。真难免有缺陷。我们说人一半是天使，一半是魔鬼。完人只能写在概念里。一个真正完美的人，其实是一个相对的，更"接近"完美的人。这个"接近"说明他也是一个有缺憾的人，一个不"十分"完美的人。

断臂维纳斯雕像被人称作完美，可她偏偏没有手臂。人们为什么把一残缺当作完美，不就是对完美的质疑吗？

追求完美不如追求真，真是可感的，不虚的。完美只是一种理想。为什么花的芬芳你可以闻到，因为那是真实的，但花不可能四季常开，所以花是不完美的，它的芬芳当然也是不完美的。用布、用纸、用塑料做的花倒是不会凋谢，可惜没有生命，不是真的花。追求完美不如返璞归真。

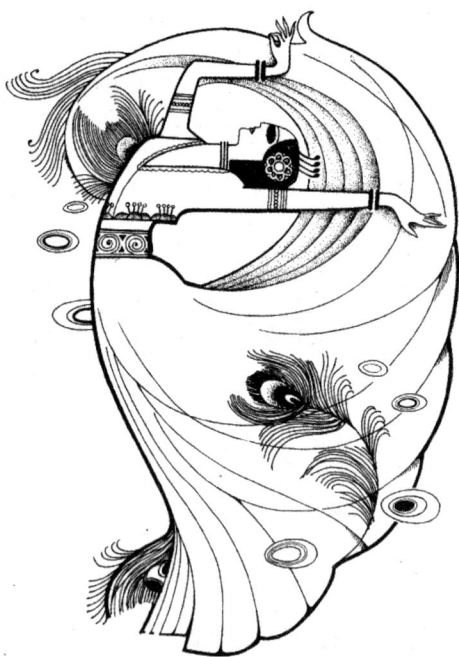

女 人

一个女人如果没有生过孩子，她只能体会观念的母爱。一个女人如果连观念上的母爱都丧失，那她就连观念上的女人都做不成了。

一个没生过孩子的女人对待孩子，很难让她体会什么是血肉相连。她对一个孩子的好是道德观念要求她这样做的。

我们家有一只母狗，我的女儿给它取名叫"嘉嘉"。嘉嘉在一个下雪的日子生了两只小狗，都被冻死。我的父亲把两只小狗埋了。半个月过去了，嘉嘉找到葬小狗的位置，刨开深深的泥土，把两只小狗叼回了家。可见，母爱不是道德要求。

许多女人说生孩子会影响身材，不要生孩子；许多女人要自由，不要生孩子，这是违反自然的，连做女人的天性都不要了。有的自己不生孩子也罢，也讨厌别人生的孩子。

如果一个人生来就是个女人，却不愿做女人，真不敢想象"她"会做出什么?

禁欲的人

一个禁欲的人，他的欲比谁都强，他一定是经常为欲所困，他想到性的次数比不禁欲的人多。

一个本身性欲不强的人何必要禁欲呢？

其实欲根本不必禁，为什么？没有欲，哪里来的新生命？任何一种生命都是来自于欲。由此看来，禁欲的人要么傻，要么虚伪。这是道，天道。

禁欲的人是不敢面对生命、不敢面对自己的懦夫。他在逃避自然，但自然是逃避得了的吗？他在自我逃避。

和禁欲相反的是纵欲。纵欲同样也是违反天道的。从生命繁殖上看，繁殖太快、太多是不合乎自然规律的。纵欲还是一种自我消耗，是破坏生命的行为。

禁欲的人使生态失去平衡，纵欲的人也使生态失去平衡，二者都在破坏自然，都是背"道"而驰的。

送东西

有的人喜欢把自己穿旧的衣服送人。人家并没有因为你送的是旧的遗弃之物而不高兴，感到伤自尊。那是因为人家刚好需要它。如果别人需要，不要说你送给他，就是你借给他，他都会心存感激。还在乎什么新与旧？相反，如果他不需要，他就会表示冷漠，他可能表面上会说感谢的话，但心一定是无动于衷的。那些旧衣服不是弃之一旁便是转送他人。如果他是一个天天穿名牌的人，他会认为你在羞辱他。

你有一碗饭，哪怕是剩饭，送给一个饥饿的乞丐，他会朝着你跪拜。你要是送给一个整天大鱼大肉的人，他说不定会找人揍你一顿。反过来，你求他送点给你，他说不定蛮高兴。因为，你让他觉得自己富有，满足了自尊心、优越感。

送东西要看对象，送东西未必是好。

说话听不懂的人

———✦◆✦———

　　有智慧的人不太爱说，因为他说了，大家听不懂，说了，也白说，不如不说，不如到你能听懂了，他再说。有一天，我对女儿说，做人要谦虚。她问我，爸爸什么是谦虚？如果我这个时候，告诉她说谦虚就是你明明想的，为了照顾别人，说自己不想。她一定会说原来谦虚就是不诚实。所以，我只有沉默，等到她成长一点，再和她谈。

　　白痴很爱说，而且是乱说，所以人们也听不懂。但他还是会到处说。

　　有智慧的人和白痴说的话都是听不懂的。所以，有人把智者当白痴，也有人把白痴当智者。有智慧的人为了避免误会，干脆不说了，或者很少说，不到时候根本不说。

　　智者的话，现在听不懂，但你总有一天会懂。白痴的话，你永远都听不懂。智者的话有时一开始觉得可笑，但最终你会和他一起说这样的话。而白痴的话一开始觉得可笑，而且

永远都觉得可笑，它（他）是一个永远的笑话。

智者一开始你会觉得他是个傻瓜，但最后，你一定会知道他是个智者。傻瓜一开始你可能会觉得他是个智者，但最后，你一定会认为他是个傻瓜。

劳动与休息

　　劳动的目的是为了休息，不辞辛劳地工作，是为了更踏实地休息。既然目的是为了休息，为什么不一开始就休息，何苦那么累地工作呢？这个想法是懒汉的想法。懒汉的想法只会让自己死在休息上，因为他没有维持休息的物质条件。劳动的休息则是让自己活在休息里。生命是动与静的相互转换，一味的静，一味的动都不是生命。必须由静到动，再由动到静，循环进行。这就是阴与阳，古老的辩证。

琴和女人

一张琴，如果你会弹它，它就能发出很美的音乐，这张琴可以归你了，如果你不会弹，琴归你又有什么意义？它和一般的木头归你有什么区别，只能放在家里当摆设。如果你懂得音乐，就算是木头也能发出很美的音乐，你可以告诉别人这是你的琴，别人把你当大师。一个女人，如果你懂得爱她并以行动来爱，她就会变得更美，这个女人就可以归你了。如果你不懂得爱，或者你懂但你不会去爱她，那么她归你又有什么意义，她只是个摆设。她的美与丑和你没关系。如果你爱她，哪怕她在别人眼里并不漂亮，但你能发现她的美，因此她是你的琴，你弹她，她就为你奏出很美的音乐，只为你。

生命是波

———◦●◦———

　　生命的最初是有节奏的脉动，"咚咚、咚咚"，就像鼓一样。如此看来，生命原本就是波，一个母亲怀孕，母亲的爱是波。种子的波在爱的波的作用下成形。种子怎么会是波呢？等下我会说到。一见钟情是波的振动。两个人相爱一生是两种波在同一节奏上，就像音乐中所说的合拍。在婚礼上，我们常常会看到"琴瑟合鸣"这样四个字，就是这个道理，说明古人很早就在这个方面体会得很深。两个人闹矛盾是一种波对另一种波的冲击，另一种波同时也对那一种波产生抵抗，这就是冲击波与抗击波。两种波肯定不是同一种节奏的。我们唱《同一首歌》是取得生命波的统一，生命个体与个体之间的和谐。我们把意识理解成波。一种意识对另一种意识产生作用，你会感动，会哭、会笑，比如看电影就是这种波的作用。有科学家发现事物最初的形式是波，电子里面是波。人为什么惧怕死亡，是因为担心自己这种波，成为一种自鸣，

没有人欣赏，成为一首再也没有人唱的歌，只有自鸣而没有共鸣的歌。有个成语叫"自鸣得意"，没有别人欣赏的自赏是没有任何意义的。因为自鸣没什么可得意的。自鸣根本无意（义）可得。可有人却自鸣而得意（自欺欺人），甚至因这没有意义的意而忘形，是多么滑稽可笑。

起 点

颜色的起点在哪里？这是一个什么问题，我相信没有人能回答。因为它真的不好回答。也许原本就没有什么起点与终点。生命，无论生命是什么样的颜色，你都无法找到起点，因而你也无法找到终点。你认为生命有起点与终点，是因为你把生命当作"线段"。而生命是一条无休止的轨迹，你说它还有没有起点与终点？如果生命是色彩呢？如果生命是一个球呢？线和面比，面是线的展开，而体又是面的展开。生命不是单线的，生活也不是单线的。你把一些原本多维的理解成单线的，你自然变得狭隘。其实每个人的生命都是多维与无限的，生与死只是无限中的一个片段。

结　巴

◆━━━◦◦◦●◦◦◦━━━◆

　　我的朋友说话结巴，但他的文章却写得很流畅。我想也许他平时的交谈无时无刻不处于思考中，这是由他的潜意识控制的，他的显意识不知不觉。当思想在不停地运算，语言能不结巴吗？我表弟，说话结巴，但他是个律师。他只要一上法庭，就立刻变得伶牙俐齿。也许生活中，他是个不停思考的人，而法庭辩护对他来说却是驾轻就熟，根本用不着思考，本能的反应就不会错到哪里去。

　　子曰："君子讷于言而敏于行。"对于我朋友而言，写文章虽也是语言表达，却是他要去做的事，属于"行"。对于我表弟而言，出庭辩护虽也是语言表达，却也是他要做的事，也是"行"，都是有明显的意识计划着的。此二人不失为君子矣。

再说完美

————————●————————

　　不要以为不完美的，就不要紧，如果没有修行，就会变得更不完美。

　　不完美是一种真实，但人还是要向着那个完美而去，因为完美虽然不是真实的生活，但却是人的一个梦。更不完美（丑）也是一个不真实的梦，噩梦！

　　艺术让我们趋向完美。因为艺术不是真实的生活。

　　越完美越不真。

　　中国的传统中有"真善美"一说，其实真是一种美，但不是完美。冷冰冰的雕像比我们真实人更趋向于完美。有时候越完美越假，我们看戏会觉得完美，但那种身段、扮相，拿腔拿调又怎么能放进生活里来呢？戏剧生活化没人看；生活戏剧化看的人多了，都在看神经病。但搬到舞台上就不同了，没有人把你当神经病，还会很欣赏你，仰慕你。我喜欢看功夫片，武打的动作很完美，但真正的搏击、打架就没那

么好看了。功夫片是因为和真实的打斗有距离，又没有血腥，所以好看！戏剧正是因为和生活有差距所以美，它是生活之外的一个梦。

一个真正完美的人，其实是相对接近完美的人，这个"接近"说明他是一个有缺憾的人，一个不"十分"完美的人。接近完美的人，他必须活得像个雕像，因为他要接受人的膜拜。

一棵树怎样才算完美？是根据你认为的完美去修剪，还是任凭它自由地疯长，还是给它嫁接？那么一个人怎样才算完美？你一旦认为某种样子是完美的，你一旦确定，不准胖，不准瘦，那和木头人、石头人又有什么区别？

十年前，我们家接到通知，参加市十大藏书家评选。父亲问我要不要参加，我说不必参加。一则，我们家这几本书算得了什么？所以，算不上藏书家。二则，就算书多了，也未必学问好。如果书多就有学问，世界上学问最好的要数书店和图书馆上班的人了。三则，书多并不值得炫耀。四则，就算书多了，你也读了，学问也有了。有学问也不值得炫耀，炫耀学问的人本身正是没学问的表现。但也许有人会说，十几年前没炫耀，是因为没什么炫耀。现在又说出来，就不是炫耀？你可以把我当作炫耀，我不会怪你。我完全可以把我的故事写成别人的故事。但我想，还是真实一点。炫耀是一种缺点。我把自己的故事写出来，你认为我是炫耀，认为我是一个有缺点的人，我很坦然。我本来就是一个很平常的人，有缺点并不稀奇。我不仅是个有缺点的人，而且是一个有很多缺点的人。在艺术追求上我是一个完美主义者，在生活中，我是个现实主义者。

家里有个大彩电难道是用来炫耀的？说到底是用来享受的。买个大房子、别墅，难道是用来炫耀的？本质上是用来享受的。家里的藏书也是一样。

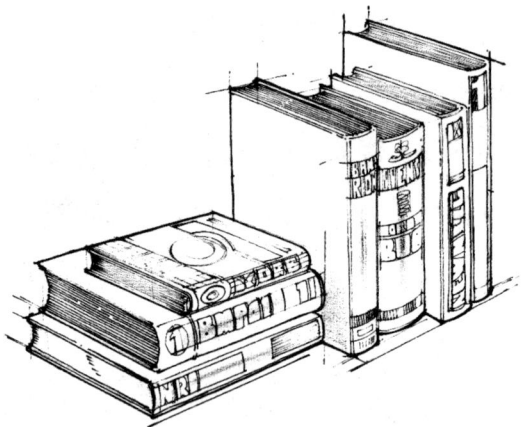

小孩子是大师

最实战的武功一定没有花拳绣腿好看，也不复杂；越是大师，画起来越像小孩子画的。

小孩子经常会犯错，你觉得他很可爱，包括他的错。大人不太会犯错，一犯错，你就觉得他是个可笑的傻瓜，甚至可气、可恨。所以，大人生活得很小心谨慎。小孩子则没有这种担忧。

其实不必取笑别人，正常人都会犯错，这就是人无完人的道理。

真正的诗人是不重语法的，写诗，语法是次要的。真正的诗人，他的心灵像个孩子。只有蹩脚的诗人，说自己是什么什么派。真正的诗人才不管自己是什么派呢！蹩脚的画家也是。诗学又不是数学。1+1=2就是数学。数学，有一个公式，一个原理可以套。以为掌握了韵脚以及修辞就会写诗了，真是错上天了。真正的诗是反原则，超原则的，是不能被指定的。

我觉得我自己也是不能被指定的。一位先生要我画一幅有枫树叶、有树根的画。几个月过去了，我就是没有画出来。我说能不能由着我的性子画一张？我高兴画什么就画什么？他说不行，结果快一年了，我都没画出来。我只能对他说，我没有整块的时间。事实上，是没有合上自己的性情，如果性之所然，那是水到渠成的事。那先生认为我是大人，像布置一个任务一样，让我去完成，如果他把我当小孩就好了。

性　急

母亲性急易怒，生胆结石多年，明天开刀。我的好友性急，胆囊切除十余年了。昨日，吃晚饭时，我对母亲说："性子急的人容易生胆结石。"母亲立刻急了："就你这么说，人家性子不急的人照样生胆结石。"我不能再说下去，说下去，母亲定会生气，生气后就会发怒。机缘未到，我又怎么说得通？母亲在儿子面前是有特权的。儿子永远得听母亲，无论对错；母亲永远不必听儿子，好像不听，她才是母亲，听了她是儿子似的。我是个教师，别人的母亲听我讲话还是很听得进的。"我还要听你？我还要你教？"母亲的"执"在这里。我心意原本是劝解母亲，心放宽，不性急。可是事与愿违。她以为伤她自尊了，立刻跟我急。

早上，我遇见一个同事，我忧虑地谈及母亲生病之事。她说："恶从胆边生。"这是一句老古话，我怎么就没想到。原来古人早有训示。

子曰："事父母几谏。见志不从，又敬不违，劳而不怨。"（《论语·里仁篇第四》）

对父母委婉劝谏，不被采纳，态度还是要恭敬，不可违抗他们，要劳而无怨。

我想母亲终究会采纳我的劝谏的，只是要等时机成熟了，我的劝解方式理好了。任何人的任何障碍都有破解之法门。

谈还是不谈

一个人只有抛弃自我，世界才会融入。一杯水只有先排空，才能注入新的水。我们常说"忘我地工作"，忘我的境界是高境界。大部分的人都执着于我，动不动就"我怎么怎么，我怎么怎么"。都是在要求别人来适合他，他从来不去适合别人。如果别人适合不了，那一定是别人的不是了。啊！能忘我的人才是胸怀宽广之人！

谈空的人其实没有空，真正的空就是连空的概念都放下。谈空的人心里天天装着"空"，他又怎么会是空。天天谈空的人其实是空谈。

我有一位学生是在我的好友引导下接触佛学的，20世纪90年代中叶的一天，下着大雪，他和我、好友，去过无住寺。现在他很喜欢谈佛。2008年9月初，我们一块儿到开化去拜访一位法师，一路上数他最会讲。当然，他有一种领悟的欣喜需要表达，这是很自然的。一路上，我很少说话，只是微笑，我可不是要装成这样，"装"这么累的活儿我是不会去干的。他讲得很起劲儿，但我想总会有一天，他会和我一起微笑并保持沉默。

自我是小我，世界是大我。由小我到大我是升华。其实无论小我放弃与否，大我都存在，大我始终关照着小我，但大我却是无言的。自然是大我，神是自然的化身。

当一个人不时地将自己排空，太阳每天都是新的。

当一个人把自我意识排空，身边所有的事物都会让你惊叹。因为你不再戴着"自我"这副有色眼镜，你就能看得更透亮，就能看出世界的奇妙。你发现世界原比你想象的要丰富得多、美得多、有趣得多。因为你放下自我，你看到了你根本看不到的景象。

如果没有权力可以压别人，你唯有以德服人；如果没有金钱可以支配别我，你唯有以德服人；如果没有地位可以炫耀，你是最底层的，你会更渴望平等与自由。是的，唯有让自己变得平凡，你才能真正体会到平等的重要。你会觉悟到一个人需要的真正力量是什么。

事物是相互联系的。人就是"仁"（二人），离开了联系的人是"个"（一人），是一个固执的人，是一个执得很深、很重的人。

是的，正如奥修大师所说，如果地球上只有你一个人，

那就无所谓贫穷与富有了；那就无所谓权力地位了，但你觉得有意义吗？所以，一个人的意义是在他人身上找到的。因为有老百姓，所以你才是个官。这难道不是在提醒为官者，要为民做主吗？鱼肉百姓的官，老百姓就会不做你的百姓，那你还能是个官吗？这难道还不足够说明人与人之间是相互联系的吗？那个自我难道不应抛弃吗？

一滴水只有放进大海，它才不会干涸。放弃小我的水滴，奔向大我的大海。

当你什么人都不是的时候，你什么人都是。佛是无穷的无限的，正是因为如此。当你放下自我，众人都会欣赏你。

道理是相对的，是相对某人、某事而言的。真理是绝对的。当道理升华为真理，它就绝对了；反之，当真理下沉为道理，它就相对了。

空虚是负向的空，是假大空，是空乏。真实的空，是真空（不是物理学的真空）。真空是放下。一个人主动放下不会有失败的感觉，不会空乏，反而是一种轻松，一种充实的空的狂喜。一个战俘是被动放下手中的武器的，他有失败的感觉。

当你反对什么东西的时候，那正好说明那东西在困扰着你。赞成的，说明它（他）和你是一致的，那么它（他）又怎么会困扰你呢？能听取不同意见，并采纳使用的人，的确有博大的胸怀，他一定是个开心的人，因为没什么困扰他。

正向的空是一种放松；是排空之后的轻松，那种感觉是实存的，真实不虚。不像空虚、空乏，它让人无奈、无助、无聊、无望，让人饥饿、恐惧、悲伤。

是贪婪的欲望错了，而不是钱错了。铜臭是因为人心臭，钱脏是因为人的手脏。是人弄脏弄臭了钱，而不是钱腐蚀人的心灵。一个不贪婪的人，赚来的钱，是干净的，不会发臭；一个品德高洁的人的钱，绝不会是黑钱。贪婪皆因无法放下自我而起。

"天地有大美而不言，四时有明法而不议，万物有成理而不说。此之谓本根，可以观于天矣！"（《庄子·知北游》）

说得出的空是空谈，听得到的空是空闻。说得出，听得到的禅是口头禅。语言、文字只是记录与表达。真正的空（禅）需要内证，而内证是在修行中体会、体验、体悟的。这种内证没法让你记住，没有东西让你记住。根本不用去记。你在经验它，你却不知道。不知不觉，不可说，也无法说，说不出的……是空。

昨晚我又和学生在一起。他是有慧根的，他约我和好友一起喝茶。每次见他，他都能精进不少。他很会讲，是因为他知道的越来越多了。这说明是"有"而非"无"，是心中

印满了"有"的印迹，而不是空。后来，在车上，他说："到了一种境界，讲都是多余的。"看来他知道了，悟了，他还是说了出来。也许倒出来之后，心中才能放得下。看来谈空、空谈，也是法门，虽然谈时不空，谈完之后却是轻松了许多。是不是好像把心中的"有"都倒了出来之后，就空了？一个人心中不悦，哭出来就好，与其憋着难受，不如一吐为快。什么东西都没有一定的，谈空或空谈，谈好还是不谈好？不一定。

我曾对一位朋友说，有一位高僧，很有名。他说，很有名的肯定不是高僧。高僧根本不想出名，深山藏古寺，你怎么能轻易得知，更何况是广为人知？好像确有道理，但往深里一想，问题出现了。一个到处弘法的僧侣，他的出发点并不是为了出名，而是真心弘法，他却出名了。"名"对他来说只是个附加值。一个人在深山老林清修是不错，却不能自觉觉他。弘法就是觉他，有无量功德。

弘法，又怎能不谈？当然不谈也行，以行为为表率。非但要谈，而且要大谈特谈，越谈越积功德。当然为了功德福报而谈者，也是没有放下贪念。功德是随缘自在的，福报更是一个附加值。

没有师父，也没有学生

没有师父，也没有学生。当你认为眼前的人不是师父了，你还会是学生吗？当你觉得眼前始终有师父的时候，你才会时时刻刻做一名学生。有时候有师父，有时候没师父；有时候有学生，有时候没学生。

只有实践才能让知识转化为能量。而只有善于转化的才是师父，不然你只能是个徒弟。如果你不能转化，你只是记住知识，那么学习就变成一件费脑伤神的事。我是一名教师，我认为低层次的教师只教学生背，中层次的教学生理解，这两种老师比较多。高层次的教学生到实践中把知识转化为能量的教师，少之又少，而能亲自和学生一起实践的就更少。

知道不同于领悟，领悟不同于实践。知道了，记住了，你变成一本书、录音机、磁带、U盘、硬盘。领悟了，等于知识对自己产生作用，什么作用，有一种力的感受，你说出来并传给别人。

其实学以致用是件很开心的事。累积知识只是把自己当仓库，要不断地消化知识，转化为智慧。读书读得累，就是因为仓库满了硬要往里塞。我不提倡记东西。我认为读书不背书，边读边忘才是正道。我只要有所体悟。读完了，背不出，然而却能说出一些体会，甚至有些说不出的体会，何其美妙！所以，自从我领悟到这点之后，读书对我而言，成了快乐而没有负担的事。

鹦鹉学舌就是没有自己体悟的读书，它没有实现知识的转化。有自己的体悟就有了原创的快乐。鹦鹉只是知识的复制，它只是磁带、录音机，它不是一个演员，更不是一个编剧，一个导演。

一个人在世界的舞台要实现自己的精彩，就必须是原创的，复制的只是原创的影子。

如果你从来没有看过一本书，也没有书可看，你会进入自己的思考。书只是告诉你那个很美的月亮在哪里，而不是月亮的本身。

智慧没法传授，不像知识可以传授（教），智慧要自己去转化。我们说慧根，就是指一个人转化的基础怎么样。

当你会背诵、默写某个经典，就以为掌握了真理，那就大错特错了。就算你考试100分，也不能说明你掌握真理。因为真理与实践同行。

真正饱学之士都不卖弄，只有学问差的，道行浅的人才会时时表现，讲起来滔滔不绝，以示自己懂得比别人多。大多数人喜欢"比"，认为学艺不精是很羞愧的事。其实人人都是从知之甚少到知之较多（且不说知之不如悟之）。闻道有先后，术业有专攻，没有什么难为情的，一个潜心学问的人，只要时时勤于领悟，此时未知并不代表将来未知，有何羞愧可言呢？有什么必要掩饰呢？

子曰："由！诲女知之乎！知之为知之，不知为不知，是知也！"（《论语·为政篇第二》）

孔子是这样教子路的。而孔子的后世弟子们在编《论语》时把它放在了《为政篇》可谓用心良苦。

一个人一辈子只愿做个徒弟（学生）是非常了不起的，你什么时候觉得自己是个师父（老师），你什么时候开始自满了。你会学不进，听不进。你开始骄傲，好为人师，标榜自我。这和传道不同，传的目的是为了"他"，好为人师的目的是为了"我"。"妄自尊大"这个成语告诉我们，尊自我为大就是"妄"。当然职业教师除外，职业是外在加在一个人身上的。我以为人的内在要永远把自己当学生才好。中国有句老话："活到老学到老。"人的一辈子，永远是个学生（徒弟）。

我的女儿上幼儿园，有一天她告诉我，她长大了要当老

师。因为在她的心目中，只有老师吩咐学生做这样那样，从来没有学生吩咐老师去做；只有学生犯错，老师批评学生，没有老师犯错，学生可以批评老师。在她的眼里老师最伟大，也最有特权。她不知道，人除了在职业上可以当老师外，人一辈子都在当学生。职业不一定是理想。比如你的理想是助人成长，自觉觉他，但不一定要当老师。水壶装水，倒给别人喝，空了，又继续装水。自觉觉他是一个不断循环的过程。所以，一个人要装水、倒水，但不一定非要成为水壶。

教育的目的是完善自我（自觉），使别人完善（觉他）。完善自我本质上是要放下自我，觉他就是引导别人放下自我。

一个本质上和天道相合的人，是个自然的人，他不用强迫自己进入规范，因为他本来就是规范，他和自然是"一"。

一个人看起来平凡、没有意义，这是常态。一个人该知道自己本来如此。一个人如果离平凡远了，就是离本来远了。平凡无须假装，无须努力，只要回头，你就平凡了。一个人可以装伟大，像一个演员，演着不平凡的人。但平凡不需要任何表演，生命本来便是如此。我们说谁伟大，那是对他人的赞许，"伟大"永远是他人的赞许，或是对他人的赞许，自己献给自己的只能是平凡。

无论做过什么让人觉得了不起的事，你对别人来说已经很伟大了，但你看自己仍然应当是个平凡的人。你的家人不会因此而崇拜你。在你母亲眼里，你仍然是那个淘气的孩子，你的妻子照样和你吵闹。苏格拉底的妻子照样谩骂苏格拉底，打苏格拉底两个耳光，泼他一身水。苏格拉底平静地说："我知道雷声过后，就有暴风雨。"你说苏格拉底是平凡还是伟大？你说苏格拉底是极具幽默的伟大，还是无奈的平凡？是伟大也是平凡，是平凡也是伟大。没有师父，也没有学生；有学生，也有师父。没有学生，也没有师父；有师父，也有学生。

看看学校和庙宇，怎么会没有师父和学生呢？再好好想想，自己如何处世。怎么可以好为人师，做一个不自量力的傻瓜？大家都在当学生，都标榜他人为师，而不标榜自己。

当放弃自我，没有人能使你生气。当你放弃自我，你将成为一个世界。如果内在是你自己，众人如何住入？众神如何住入？因为人与神就你自己一个。是自己把自己自蔽于自砌的墙内。

日本人活得很有礼貌，但活得不真实。如果活得真实而有礼貌，那多好。日本，那看起来的礼貌之下，有一个很重的"自我"，一个比任何一个国家的人都重的"我"，日本人执得太深。这也许是他们比任何一个国家更重"礼"的原因吧。日本人信佛，却是流于形式。一个本质上与天道相吻合的人，又何须那些繁文缛节？礼没进入本质。日本需要相当长的时间，才能从表面的形式，化入本质的内在。

她一直被外在打扰

她一直被外在打扰，而渐渐迷失本性。

一个花钱混来的文凭，一个与知识水平关系不大的文凭，一个不能反映能力修养的文凭。这些文凭即使是真文凭，也没有什么意义。其实文凭本质上也只是一个学历代表，没有多大意义。文凭又不能改造社会；文凭也不能助人；文凭不能当饭吃。

在麻将桌上消磨时间，贪念在渐渐加重。如果麻将不加上"钱"，那么它就是一种智力的游戏，这种游戏无非是比一比谁会"算"，我算着你算着，本身就不自在，说是智力游戏，其实离智慧越来越远。如果加上"钱"就成了赌博，人心一定变得丑恶，心智一定会乱，心变只是时间而已。

想获得较好的职位，想到的不是自己的工作能力，而是琢磨如何送礼行贿。许多人认为这是应当的，认为这是一项投资。还没当官呢，就有了当贪官的念头了。其实，这是花钱为奴，花了钱，即便是当了官，也是别人手中玩物。

人要活得平凡，但要不卑不亢。不卑才能自尊自强。不亢才不至于放大自尊，自以为是，亢于自傲。不卑不亢才是个主人。自己活得平凡，把领导也看得平凡。不阿谀人，也不要别人曲意奉迎。

你我他是外在的，而佛却是内在的；你我他是虚妄的，而佛却是真如；你我他是迷失的，而佛却是回归了的。

我知道迷失的他（她），越来越会发火（怒），但是发怒非但把自己害了，同时发在别人头上，也把别人害了。所以，要在发出来之前解毒，由内而外地治，最好不要等它发出来，传染了别人。儒家的礼制，是控制外发的，但"礼"也是要修到内心的。如果只是外在的，它就像法律，约束着一个人。有的人外表上彬彬有礼，内心一个魔鬼却在不断壮大。

生活需要太极功夫，将一种力量化解于无形。当一个人朝你发怒，你顺势利导将其化解于别处。当然不是化解到第三者身上，而是让它在虚空中消失。郁闷就出去散散心，为什么要出去？因为旷野之地，发出郁闷之气，不会伤及他人。散心，就是散除心头烦恼、怨气。

有人认为打麻将是为了散心，可是没想到却多了一份心。

不平的心来自于不平的事，不平的事对于你是外在的。

如果外面的世界什么都平等，还会不会生气？不会！但如果你把自己当大海，你只会对风报以波浪的微笑，风怎么摧毁大海？摧毁大海的只能是来自于内部的地震。所以不平的事来自于不平的心，如果人人心是平的，就不会起风了。

谁都无法计划愤怒，因为愤怒本来就不是你的，试问有哪个人生来就带着满腔怒火？因为你还不知道愤怒。你只会哭，饿了就哭，本能的反应。如果你安排今天晚上要好好愤怒一次，那你一定在演戏。

我们不是要学会控制，而是要学会放下。控制仍然是力与力的抵抗、冲突，限制与反限制，是争，是角力。只有放下才是彻底的消解。原来扛着一袋东西，累得气喘吁吁，现在你放下了，轻松了。你说一定要扛，不扛就没饭吃。你是劳动者？不劳动，就会饿死，不然就当寄生虫。但劳动同样需要休息，需要放下的轻松。

如果是控制，说明你内心的烦恼还在，只是一个较弱小的自我被一个较强的自我战胜，而放下自我就是放下了烦恼的根源。放下了自我，烦恼就抓不住你了，空是抓不住的。烦恼虽不是与生俱来，如果你不放下自我，你就会不断地接受外在给予的力，就会不断地被外在控制，渐渐外在大于内在，迷失了真如。

不搭界的回答

路伴随脚步而存在，只要你迈出第一步，你就知道什么是路了。一个人如果不行走，路一点意义也没有，路仅仅是地图上的线条而已。

放下，你的思想；睡觉，连梦都没有，这样睡眠质量最高。醒来，人变得清新空明，一身是轻松的欢喜。放下，思想的放下才是真正的放松。人变得轻松，才真正有思想力。原先只是强制性思考，那不是思想力，因为它不是真如。只有明心见性，才能有纯真的思想力。没有明心见性，只能是妄想的魔力。

著名武术家李小龙讲，出拳之前要先让肌肉放松，这样出拳才具有爆发力。道理很简单，肌肉放松之后，出拳的力不会被牵制，成为一种没有束缚的唯一的没有分力的力。

无论意识还是肉体，只有到了"无"，才能放松，才不会紧张。

人时刻都在死，也时刻都在生。人生活在记忆里，进而延伸，人生活在历史文化中。如果从历史中，你看到并执于过去，那么你只是生活在"死"里；如果你将历史文化转化为智慧的能量，那你就生活在"生"之中。转化之后的能量，跟时间没有什么关系，它超越了时间，因为是无常的，能量的形式会不停地转换。

为什么孩提的时光会时常很美地出现在我们的心里？它深深地藏着，永远抹不去。因为那是放松的，心无挂碍。其实，心无挂碍的孩子是很有智慧的，他能创造出大人无法想象的精彩。

强制做一件事，你不仅会感到无奈、委屈、愤懑……你的负荷也是最重；刻意做一件事，虽不能自如，却是主动的。纵然因为执着而谈不上轻松，却不至于负荷过重。但不知不觉做一件事（其实你是作为参与者，经历一件事），你就不会感到是一种负荷。下班回家，本来放下工作的忙碌就是一分轻松；而且因为是回家的路，你根本不必注意力集中地走路。你想都没有想，一双脚就把你带回了家。刚学骑车，你会很紧张，等真正会骑了，你根本不必专心骑车，你可以一边哼哼小曲，一边骑，不知不觉，你到了你想要到的地方。

我们必须了解，是先有人走，然后才有路。路是走出来的，而不是早已存在，等着你走。从确定目的地，到走，然后是路。人不可能同时走在两条路上，也不可能两次走在一条路上。你自己尚且不能两次走在同一条路上，那么，就算你沿着别人指引的道路走，走在别人走过的路上，也不是走在同一条路上。你永远只能成为你自己，你不可能成为别人。我有时觉得自己是李白；有时觉得自己是苏东坡；有时觉得自己是唐伯虎。其实，我就是我自己。

得道之人孤而不独，他的确是一个人，但他是一个世界。一个世界怎么会孤独？所以，得道之人清凉却不寒冷。

正如意大利文艺复兴时期的大师达·芬奇所言，当他单独的时候，他才真正拥有自己。这个自己就是他的内心世界，这个世界是大我。因为他不必看别人，也没有别人看他，他只能看他自己。

当你觉得自己是个男人，没有女人是孤独的；当你觉得自己是个女人，没有男人是孤独的；当你觉得自己是个孩子，没有父母是孤独的；当你觉得自己是个大人，没有孩子是孤独的；当你一个人的时候，没有亲戚朋友是孤独的。所以，一个人要结婚生孩子，要服务社会，要让自己处于社会的联系之中，这样就不再孤独了。这和放下自我，不被外在打扰并不矛盾。因为要放下的是小我，而不是大我。把自己放在社会的联系之中正是为成为那个大我。

有多少婚姻只是一出微妙的政治闹剧；有多少友谊只是

一宗微妙的交易。不知有多少女子这样认为，你如果没有房子，没有稳定的收入，没有车，你凭什么让我嫁给你，为你生孩子？有多少孩子并非爱的结晶，而是做爱的副产品。他们是微妙的政治产物。于是夫妻做爱，要么像例行公事，像是在工厂上班。孩子就在一个"家"的单位里，在一次"公事"中，被加工出来。有自称很现实的女子，把这个当作"现实"，说，实实在在找老公就得这样。她的这种现实是一种寄生的生活，不是劳动奉献，不是爱。

如果你问一个问题，我围绕着你的问题讲，那就只能让你更加关注你的问题。所以，和尚问"路"，师父回答"山"；徒弟问："什么是佛？"师父说："喝茶去！"师父的回答和徒弟的问题不搭界。

任何问题，师父都不会把它当问题。他既然是一位师父，他就是一个得道之人。作为师父，他的眼里没有问题。问题是自设的，世界万物好好地存在着，本来就没问题。

印度大师说："如果我的谈话很切题，那意味着我调整我自己来适合你。"你想想，如果一个心理医生听病人的，最后医生也会神经。

作为师父，他会欣赏每一个带着问题的人。烦恼即菩提。你的烦恼看起来很美妙；你的问题听着很有意思；你的愤怒看起来很精彩。欣赏是轻松的。你会说，我都痛苦死了，你还那样轻松？难道陪着你一起痛苦？那还不是多一分痛苦？陪着你痛苦，只会加重痛苦。你痛苦我也痛苦，你烦恼我也烦恼，这是同情，而不是慈悲。慈悲是冷静的，是清凉的智慧。只能这样，才能解决你的痛苦。欣赏是对事物与人最深刻的认识。

英文魔鬼写成 devil，而神则是 deva。同样是 dev，魔鬼后面跟着 I，"我"。神后面跟着 a，"一"。

当然魔鬼也是可以度化的，所谓放下屠刀，立地成佛就是如此。如果你憎恨魔鬼，心中的"憎恨"本身就是一个"魔鬼"。

提不出问题的人是愚钝的；发现问题的人是聪明的；认为世界根本不存在问题的人是智慧的，因为他看到了存在的必然性与偶然性。

生命是个奇迹

与其空谈，不如经历它；而当你很深地经历它，你又没什么可谈的了。

不可说，不必说，不立文字，要做的是体验它。

生命是个奇迹，而不是答案。迹，就有迹象。因为生命各有不同，每个生命都有它的精彩，故而是奇。

修行就像果子慢慢地成熟。当果子成熟，落了下来，又变成种子。你会说，这不就是生命的过程吗？是的，正是。你好好地把握生命了吗？修行就是真正地把握生命，享受生命，不浪费生命，实现生命的每一个精彩。

时钟停了，但时间并没有停。肉身死了，但生命并没有停止。

你不可能跑在时间的前面或后面，你可能做一件事，提前完成或滞后完成。时间就是生命，它一直带着生命前行。

每个真正的大师都会说自己是唯一正确的。这样你就可以择其中之一去学习。如果大师说，这个师父也对，那个师父也对，大家都是正确的。你便不知从何入门，因为所有的门都开着，你反倒迷茫了。如果大师只为你开一扇门，你会毫不犹豫地进去。如果我坚定地说，只有我是对的，至少在我这里，你会从我这里进入庙宇。当然这只是当着门徒。如果和另一个师父在一起，就什么都不必说，相互微笑。一是，他也是对的，他的那扇门也能进入那个庙宇；二是，两个师父都已经在庙宇之内，门对他们没意义了。佛陀说自己对，而取笑马哈维亚就是这个道理。

很深的爱是冷静的。会生活的人是安静的；不会生活的人，一定是躁动不安的人。

在禅宗里门徒可以打师父。师父挨门徒打是很正常的事，因为他们的关系亲密。正如父母挨自己孩子打，但父母会原谅孩子，因为孩子小，不懂事。总有一天，孩子会长大，他也会挨孩子打而不生气。

没有爱的拥抱

我工作的学校校长是个很有智慧的人，我几乎天天都在愉快地享受他的智慧。

有一次他请当地的几个搞艺术的吃饭。他说："我非常敬佩艺术家，他能通过艺术超脱名利。哪怕日子穷一点也没关系，他只要画着唱着就过得去了，境界高啊！"我说："安贫乐道！"一个画家感佩地向他敬酒，在场的所有从事艺术工作的都向他敬酒。他谦逊地说道："我身上半个艺术细胞都没有。如果我身上其他方面可以用来换艺术，全都拿走，我都不后悔。"他说出了对艺术的神往，也反映出人对美的追求来自于人的内部。

我说："艺术不是艺术家的专利。如果艺术仅仅属于艺术家，艺术就没有意义了。艺术属于每一个人。我们的脉搏和心脏有节奏地跳动，就和鼓乐一样。这就是艺术，这就是美。比细胞小的是原子，比原子小的是电子，电子里面是波。

波在有节奏有旋律运动。生命的本质就是艺术，就是美。艺术被蔡元培先生推崇可以代替宗教，就是因为他直指人心，和生命的节律是一致的。我们可以这样看，宗教是生活与人生的艺术，而艺术是生活与人生的宗教。"

也有许多搞艺术的人真正地发疯了，因为外在的名、利、权也一直困扰着他，未能免俗的人在艺术队伍中也屡见不鲜。在他的内心斗争很激烈。搞艺术的有许多是神经的，而神经的人是不能算是艺术家的。他连正常的人都不是，当然不能算是艺术家，艺术家首先是一个正常的人。神经的都是那些以为学了技巧就可以地位显赫、名利双收的人，可偏偏事与愿违，他就不平衡了。他不仅离开了艺术家的本质，其实也离开了生命的本质。

静心是内在的不动，而不是外在的不动。有的人每天在运动，心却是静的；有的人深居简出，与世隔绝，打坐参禅，内心却是喧嚣的。

凡·高其实没疯，因为他比谁都清醒，所以被人认为是疯子。如果凡·高在东方，他就不会自杀。他会微笑。凡·高让自己长在自己画的树里面；让自己开在自己画的向日葵里；他是以这样的方式向着太阳。我看过凡·高的原作，他的画不太追求技巧，而却让人看到生命的本质，一个燃烧的生命。我看过许多技巧精湛的画，都是那样的冷漠，好像不是在画

人，而是在画尸体。

射箭要练不射的部分，写诗功夫在诗外。

没有爱的拥抱、接吻、做爱，就是一种身体的游戏。你的心不会在那里。这个游戏，有很多人玩得很有水平，很娴熟，很有花样，但心不在那里。游戏的快乐，又怎么比得上内心的激荡。一百次游戏的快乐，都及不上一次感动的热泪。许多人的画，我看到也只能是笔墨的游戏，所以没有一丝的感动。因为他的生命没有投入。一个妓女可以随时把你带到性高潮，因为她是技术方面的高手。但那是快感，不是快乐，更不是幸福。许多被称之为艺术的作品，只能让你很快就有快感，但不能有长久的快乐，更不能让你永久地感动。那些不是艺术家，是妓女。当然妓女也要吃饭，她是靠卖快感糊口的。真正的艺术家是凡·高，他超越了时间的局限，人们一直为之感动。

一个活生生的人怎么可能没有缺点？如果你没有缺点，正好说明你没有优点。一个物体之所以被看见，是因为它被光照见，一半在光明，一半在黑暗。如果你把所有的黑暗的地方，都用光照亮，最后，物体影像消失了，你什么也看不见。一个人一定有缺点，就像物体有黑暗的部分，所以不要怕暴露缺点。没有缺点，人们看不见你，当然全是缺点也是一团黑。小孩子很聪明，小孩子渴望被注意，所以故意犯点错。我的女儿早早起床，希望母亲陪她玩，可她妈妈想睡觉，她就闹，故意把衣服脱掉，穿着裤衩在刷牙，她妈妈担心她感冒，终于睡不着了。起床了，训了她一顿，打她屁股，她就哭得震天响。她妈妈睡意全无。她哭闹，叫她停，她就是不停。等她妈妈的注意力全在她身上，她不哭了。隔壁的小孩子来了，她和他玩了，撇下她妈妈了。谁要你睡得死猪样，不理我！

完美的是佛，人只能是相对的完美。

无论习武还是修文，真正的目标是完善自己。武功好不在招式，而是修养。习武修文都是在磨炼心智。自己完善了，再去帮助别人完善。失去心智，武功再好又有什么意义呢？金庸武侠巨著《射雕英雄传》中有一个西毒欧阳锋，为人品质不好，最后武功谁也不是他的对手，可是他失去了心智，发疯了，他赢得了技巧，却输掉了人生。《天龙八部》里有个扫地僧，他认为武功练到最后就不需要武功了。看来，武功也好，文学也好，画画也好，都是修道的途径，而当你到达目的地，途径对你又有什么意义呢？你到达彼岸，船对你来说就没意义了，你可能记住那只船，但它没意义了。再好的技巧，都是末，而不是本，本是找到你自己。当你到达，当你到了彼岸，当你进入庙宇。你想留下什么，你会写，你会画，那都是路上的体会。

无意于佳乃佳

云凝结成雨，雨下落为水，水聚成江河，江河汇入大海，海被太阳蒸发，汽上升为云，被风刮到原来的地方。这是一个水的循环。人的百分之七十是水，人也在这循环之中。

云是一朵云的开始，下一朵云是这朵云的结束。在同一空间的两朵云，一朵云绕了个圈，回到原来的地方变成了另一朵云。人也许也是绕了一个圈，回到原来的地方成为另一个人。当你变成了水，也许这一生用来发电；下一次你成为饮料；再下一次你用来冲厕所；但你无法改变那个循环。

真理不是被某个人创造出来，要求众人遵守的规则（法则）。真理是原原本本就在事物之中的，真理只能被了解，被领悟。当它被揭示，被指出，你可以感觉它的存在。所谓解释、阐释，就是你把自己对真理的体悟，讲给别人听，但你的体悟不是真理的本身。

一个人习惯了，就会情不自禁地做某些事，说某些话。

奥修说，习惯是你的监狱。习惯让你过着没有觉知的生活。有觉知的生活，生活的密度高，密度高，质地就好、充实。我们不可能重复过去，重复自己也不可能。当你想回到历史的从前，事实上新的历史篇章已经开始。

有设计的课堂，不是真实发生的课堂，而是一个多么愚蠢的排练。

不仅花言巧语不是事实，海誓山盟也不是事实。

师父是冷静的，躁动不安的人不是师父。许多在学校工作的老师，他们不是师父。老师只是他的职业，不是他的内在。

师父不会感受到意外，因为他事先不去预设，所以没有意外。有预设，就有意料之中与意料之外。无动于衷多为意料之中，惊讶诧异者，必是意料之外。二者皆因先有"意"，前者与意一致，后者与意相左，故而因异而惊，惊的是它不同了。如果你事先没有"意"，那么每一个发生都有是偶遇，你会欣喜。它不存在着反差。因为没有"意"，每一个偶遇都是新的，因为心里没有旧东西，所以是鲜活的。你时时觉得有意思。无意于佳乃佳，一切意料之中，反而没意思了。

如乘船看风景，得意、失意、无意，得意如潮起潮涌，失意如潮退潮落，二者都是不平静的，它们是两个极端。唯无意如风平浪静。

如果内心没有期待，你就不会失落。期待也是意，只是它往自己有利的方面"意料"。因此，也未必就是根据事实情况的预测。得不到满足，就失落。长久的失落，就会意志消沉。为什么消沉？因为你原来是上浮的，在空中飘。

寒来穿衣，饥来食，顺其自然，保持身上自然的本性，无为而无不为。出生与死亡都发生在你身上，你自己计划得了吗？而生就在呼吸之间，在你的身上每时每刻都有生、有死，你计划得了吗？你只是个感受者，除了感受，你只能感受。

真理是被经验的

哲学是有问有答的。哲学是一个自问自答的游戏，如此，哲学就是一个自欺欺人的游戏。中国人有思想，诸子百家，儒、释、道，但中国从来就没有哲学体系。许多学者，很想将中国传统思想体系化，实际上，是由博大变得渺小了。

儒、释、道都在教会人如何具体地生活，教会我们学会感受、体验。《论语》里有无数的问答，禅宗里也有无数的问答。孔子是有问必答，而禅宗往往答非所问。但孔子不是自问自答，禅宗也不是，所以不那么无聊，也不是自欺欺人。他们为什么不自问？因为他们是师父，师父没有问题。儒家不是哲学，它被视为与宗教等同。

许多东西只能体会，而无法有明确的答案，甚至是没有答案。既然如此，问也是多余。比如，有人问什么是人？回答多了去了。可是，都只是说出人的部分属性。真正的标准答案是没有的，但你可以体会你身边的每一个人。拿出你的

真诚来，敞开你的心扉，去注视，去倾听，那种感觉将非常真实。何必去期待一个冷冰冰、没什么意义的答案呢？

做爱可以买卖，爱不可以买卖。爱只能体会。但不是说，花钱了就能体会得深一点。在钱的面前只有买卖，在权力的面前只有命令与服从，怎么会有爱？是交易，是占有。

徒弟问："什么是佛？"师父说："这些亚麻称起来五磅。"看起来答非所问，其实佛就在亚麻里，就在五磅里。因为佛无处不在，为什么不会在亚麻里、五磅里？可能下一次，在"吃饭喝茶"里，再下一次，在"屙屎屙尿"里。这个不算回答的回答只能是当下的，所以每次回答答案都会不一样。正好说明了无常的道理。无常又怎么能确定？怎么能把握？无常只能让你感受。

当傻瓜认为你聪明，你是傻瓜里面的聪明；当傻瓜认为你傻瓜，你是傻瓜里面的傻瓜；当傻瓜认为你伟大，你是傻瓜里面的伟大。有一个傻瓜夜晚到江边去玩，看到一对男女在草地上做爱。回来后，傻瓜失眠了，早晨很早就起床，赶到江边，看到有一个人在那块草地上做俯卧撑（晨练），他凑得很近，看了很久，就是不肯走。那个锻炼的人说："看什么看，你这个傻瓜！"那个傻瓜说："你才傻瓜哩，那个女的早就走了！"这个晨练的人，是傻瓜里的傻瓜。

伟大的人在平凡里真实地生活着。天天在上班做事，内心却是超然的，那才是真正的超然。大隐隐于市，于闹市间能隐的人，才是真正得道的人，才算得上真正的无为。他就是和你一样吃饭、睡觉，他还是超越了你。直到有一天，你超越了自己，你才能真正明白他和你一样吃饭睡觉，和你的吃饭睡觉有什么不同。

真理从来不是被获得的，而是被经验的。平凡是众神的乐园。逻辑并非生活的真相，而是生活秩序化的渴望。

你需要有很深的感受力，才能感受到两个不搭界的事物之间的联系。比如说，茶、地震。这种境界，逻辑显然难以胜任。

某个单位搞"微笑文化"，邀请我，希望我说出一些关于"微笑文化"有价值的东西，而我只是和他们说说笑话。大家高兴极了，笑得很开心。他们没有感知。他们要求谈谈关于"微笑"有见地的东西。我又说些笑话，他们就从微笑到大笑。从他们的眼神中我还是看到了失望，他们还在渴求关于"微笑"的有价值的理论，他们，觉得请错了人。

没有神你会生活得很乏味

没有神你会生活得很乏味。好文章如有神助，就会妙笔生花，无神如同嚼蜡；做人无神则无精打采，神伴随精气而在。有神在，你会在苦难中活得安详；你会在贫穷中活得充实；你会在富贵中活得谦卑；你会在普通中活得有尊严。因为神，你时时都能有生命的精彩。失神就会落魄。神不是具体的肉身，有时它是美，有时它是一种无形的力。

神让你敬而远之，伟大的孔子也体会到了神，能体会到神，是一种很深的体会。我的表弟是个村书记，我和他谈，其实是带着神的，他对神看不到的。因为他的体会不可能那么深，他对我的敬，是因为我是他表哥。

你不得不拜在神的脚下。神是无形的，当然他的脚也是无形的。我们渴望神助，同时又畏惧神怒。自然就是神，宇宙就是神。了解自然，了解宇宙，并能天人合一的就是圣。佛是超自然的。每个人身上都有自然，都有宇宙，只不过通

常是封闭的。当你打开，里面的神出来，外面的神进去。你浑身上下，内在外在都成了神的殿堂。你就会有神来之笔，就会神采飞扬，就会神清气爽，就会神气十足（这里是褒义词，意思是内在充沛）。所以要修道，修道你就能聚精会神。相反，当你的自然，你的宇宙封闭，你就会神志不清。神就在我们身上，被关住，你要把他放出来，你就出神入化了。

爱与慈悲

——————●——————

一个人心里有爱，就会被爱伤害，因为这种小爱是自私的。慈悲是不会受到伤害的，因它是大爱。

每当你支配一个人时，你没把他当人，而是把他当工具，一个人体的工具，奴婢。这就是你的心魔。

淘 气

女儿淘是个巧，儿子淘是个宝。有些学生也叛逆，这是好学生，说明他是活的。完全听教师的话的学生，是死的。这样的孩子，要教他收放自如。

女人是魔鬼

以男人和女人打个比方，男人是神，女人是魔鬼。男人理性，女人感性。不理性的男人是傻子，感性的男人像女人；不感性的女人不可爱，理性的女人像男人。面对女人，男人会着了魔一般，而男人面对另一个男人却只是崇拜。女人面对另一个女人，也会着了魔一般，但面对男人却只有崇拜。

当一个女人变得像男人，她会让人崇拜，却再也不会让人着魔了。当一个男人变得像女人，或成了人妖，本身就是妖魔，迷上他，不是着魔又是什么？你肯定不会崇拜人妖。

顿与渐

❖━━━━━◦●◦━━━━━❖

　　理虽顿悟，事贵渐修。理是在最恰当的时机到来的顿悟，但具体的事情却要一件一件地做，顿悟是悟不出茶饭来的。

享受麻烦

每天都要吃饭，这似乎很麻烦，能不能一次吃好了，以后再也不用吃饭了，可是这太荒唐了，所以你不嫌麻烦，而且一日三餐享受这个麻烦。饭店就更有意思了，它把麻烦做得精彩，做得更麻烦。它把更多的麻烦加在一起，成了审美，一顿普通的吃饭，成了美食，成了欣赏。

有人喝茶是牛饮，没有领悟茶道，没有从喝茶中领悟出道。牛饮是简单了，一点都不麻烦，可是忽略了过程的体味。茶道的确是麻烦，可这是生活的真相、本质，是生活的真滋味。

当你知道真相，你根本无法回避麻烦。不如放下拒绝，坦然地接受，满怀感激地享受大自然的每一个给予。发生在你身上和身外的所有一切都是大自然的给予，有多少你享受到了？享受不等于消费，更不等于浪费，更不等于糟蹋、破坏。你明明吃一个菜就可以，却奢侈地点了十个菜，无非是在炫耀自己的财富，但这恰恰说明了你的贫穷。人家吃一个菜就拥有了世界，你浪费了九个，只是多了一个炫耀而已。浪费造成了对自然的破坏，使自然无法正常循环。结果资源匮乏，报应就来了。

有位同事看到我又是茶壶、又是茶盏，看到我先是洗茶，再是泡茶，说："你不嫌麻烦？"我说："如果这点麻烦都不能忍受，那么怎么应付生活与生命那个大麻烦呢？"如果人不来到这个世上，一点麻烦也没有，可你还是来了。

另一位同事说："你在品味。"他说对了。我不是在忍受，而是在享受。你如果在享受，你会品出从来未曾喝出的味道。物质之味，精神之味。品，这个字多好啊！它是在教你同时用三张口吸收，那是多么深的吸收。品，就是享受，品之后发现，原来麻烦那么美。品是欣赏，对人对物你都能品的话，你会很充实。对于自己，首先要让自己有品，内在丰实，质地纯正，人家品了之后，才会受益。不然，品了之后，别人会被感染。当然，如果别人道行深，他的免疫力高，他就有能力对你进行消毒。

武 功

当有人用一根棒子急速打向你，你会毫不思考地跳开。如果你思考，你就没有办法跳了，因为等到你决定要跳，那棒子已经打到你，所以没有时间让你思考。（奥修《莲心禅韵》）武功就是要把高级的肢体智慧，练到本能的反应。

不必解释

"世界并不缺少美而是缺少发现",罗丹的这句话让我的嘴都快说烂了,可每次说都会有一些不同的感受。他说出了艺术的道。当你领悟,道就无处不在,神就无处不在,佛就无处不在。修行就是为了去蔽,因为除非天生,通常情况下,人的眼睛、耳朵、触觉很大部分都未得到开发。大部分都处在遮蔽的状态。所谓"开天眼",就是指你和自然相通了。天,就是自然、宇宙。天道,就是自然之道、宇宙之道。

世界、道就在我们眼前,是我们盲目了、麻木了、塞听了。放松,处于安静的环境闭目养神,可以从生理上提高我们的物理知觉。而静心、排空、放下,则可以从心理上提高我们的精神知觉。

道,无须解释,只要揭示,只要指出,只要接受与体悟。那朵花就在你面前,你无须解释什么是花。因为谁都看到了那花。还用解释吗?当花不在你面前,你解释有什么用?解

释又解释不出花的芳香。诗也不是解释出来的，一首诗的本身就是最好的解释。不去读具体的诗，任何的解释都是偏离。不必东想西想，是这样就这样。

土地敞开才能有收获

要把某个执着于某个思想的人带回来是很困难的。那样的人往往认为别人都是错的，因为他的固执，他对异己的东西都是排斥的、拒绝的。真正的思想就是让自己没思想，所谓思想力就是让自己没思想的能力。只有让自己没思想，才能从有限到无限，才能全身心地聆听别人。

土地如果不敞开，就无法被播种，更不能有丰收。你见过水泥地能种东西吗？所以一个人我执重，就是固执。一个固执的人会有收获吗？就好比水泥地，连种都不可能，又怎么会有收获呢？

清静并不等于内向

清静并不等于内向，因为他没有内向的孤寂，他没有在静中感受到寂。清静是清凉中的安详，不是冷漠中的沉寂。开心也不等于外向，他敞开，但不张扬，不过激，他不断变得宽广却一点也不妨碍别人。

不必担心

不必担心别人，也不必担心自己。因为担心是多余的。没用，是负向的。只有不担心，才能看清真相，才能让事物往它最合适的方向发展。

一个医生从来不担心病人的病。如果医生要担心病人，用不了几天，医生将成为最严重的病人，他会神经。医生只要看清病情，对症下药。大多数病人的家属都会为病人担心，这对病人一点帮助都没有。对病人真正的帮助是深层地了解病情，配合医生以最恰当的方式进行治疗。

茶　道

茶道，茶与道，茶之道。道可道，非常道。道，说不出，不可说，说了就错，说了白说。道，是体验出来的。所谓学道，就是在实践中领悟，就是修行。所有的道都是这样，茶只是道的门径之一。我们把这个门径叫茶道。佛学如果不能转化成学佛，佛学就是几本书而已。

所以，今天我讲茶道。不是在传经送宝，而只是在说说自己喝茶的感受。每个人都有自己的一份感受，谁也代替不了谁。感受真实就行了。如果我在讲，大家听得有意思笑一笑，没意思也笑一笑，过去了，放下了，继续喝你的茶。你不笑也没关系，不听也没关系。

有朋友问："你费这么大工夫喝茶，到底有什么味道？"我说："喝茶！"他以为没听见，又问，我又说："请喝茶！"他说："你为什么不回答我？"我说："茶已经给你倒好了。"其实，我早已把真相指出，就差他自己去体验了。

味道，喝了不就知道了吗？茶之味在我嘴里，又不在你嘴里。我说出来，你也只能咽咽口水而已。如果不亲自尝尝，都不是真实的。至于道，道可道，非常道。我更说不了了。我们生活的经历不同，心境不同，道不同。道不同，不相为谋，我说了，你会觉得我是傻瓜。

茶是解乏的，这很好，破除睡眠就不一定好。该睡的时候睡，该醒的时候醒，最好。困乏，最好的药就是休息，茶是在休息基础上提神的，以免你精神懒散。如果你要不断提神，就变成了药物依赖，那和吸毒没什么两样。

《茶经》是一部茶文化书，不是茶道的本身。就像《道德经》是老子对道的体悟，而不是道的本身。世界上所有的书都不是真相，而是作者的体悟。

今天，有人在沏茶表演，这是茶艺表演，不是茶道。它是泡茶的技艺。技艺可以直接传授（授业）与演示，道无法直接传授与演示，所谓传道是把道指出来，让你自己去修。当然，在表演当中有没有道？有，道无处不在。茶艺可以表演，茶道却表演不出来。但表演也是一指，和我所讲一样是道的一指。

茶和酒不同。茶让人变得清醒，酒让人变得糊涂。有人把醉理解为糊涂，这是一个很大的错。醉是一种很深的体会，是一种欣赏。他一点也不糊涂，他只是觉得越来越精彩。酒

是依靠其药力麻木你，让你暂时没有觉知，从而暂时地放下，其实那个烦恼还在。只要一醒来，那个烦恼也随之醒来。茶是依靠茶的药力，让你清醒地放下，清醒地放下才是真正地放下。

人到底是清醒好，还是糊涂好？郑板桥说"难得糊涂"。他的话我只能体会到两层。其一，糊涂是珍贵的，是难以求得的，那么这个糊涂就是不糊涂，是糊涂到极限的大糊涂，一塌糊涂的糊涂反而是大智慧。其二，从来不糊涂，那就是聪明一世了。这个生命不真实。从不犯错，这太难了。要知道，要想不犯错，唯处处小心。这个人做事没犯错，但同时他犯了另一个错，就是把自己绑起来了，不从容，不自在，紧张。从容自在而又不犯错的只有佛，佛是高于生命的无常，是彼岸。

不动脑筋

———•◦❀●❀◦•———

　　老师认为学生问不出问题是学生不动脑筋，动脑筋的人一定能问出问题。看来，问题是动脑筋动出来的，不是本来就有的。如果这样，还不如不动脑筋。问题的确是人想出来的，老师想出来时，自已已经有了答案。他把问题抛给学生，学生正好对上他那个答案，这个学生就是他心里那聪明的学生，对不上，智力就有问题。如果是这样，每个人都可以设置一些问题，让你答不上来。有的学生为了"自尊心"，为了不被老师认为智力有问题，硬憋出一些问题。心里本来坦荡荡，一点问题也没有，他也故意要问。为提问而提问，是真正的愚蠢。错得离谱的是，这种愚蠢被当作智慧来表扬。

　　不动脑筋并不意味着没智慧，动了脑筋并不意味着有智慧。

　　不动脑筋并不是动不了脑筋，不动脑筋是大智慧，你想想有什么事要动脑筋？该不动脑筋就不动脑筋。

远离不是逃避

人与事物太近了，未必看得清事物的样子。东坡先生有诗云："不识庐山真面目，只缘身在此山中。"但我们只要一坐飞机，真面目就出来了。古代哪有飞机，除非学佛、修道，在精神上让自己远离。远离不是逃避，不是害怕，而是为了看到整体。

我是一种融合

我既是我，我也是你。我既不是我，我也不是你。我是一种融合。只要有分别心，就成了瞎子、聋子。

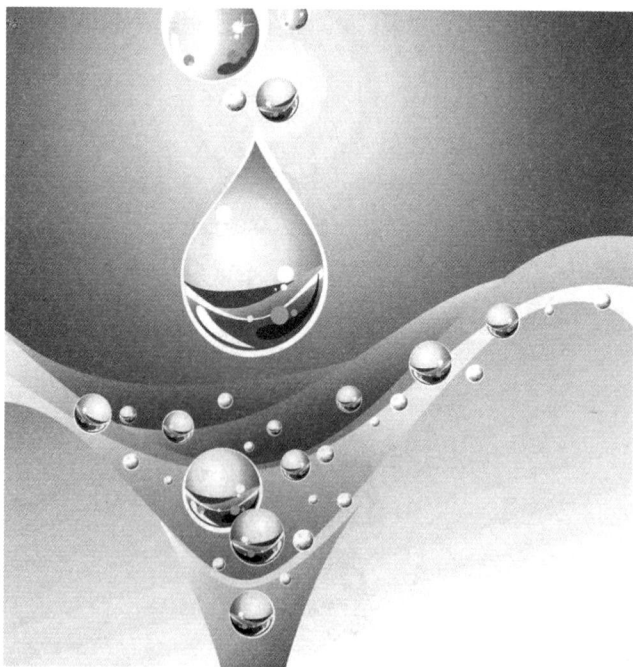

思想家是片刻的

既然道可道，非常道，既然不可说，那么谈了那么多的佛与道，不是成了多余的了？写了那么多的文字，也是多余的了？典籍也是多余的了？徒弟问月亮在哪里？师父把月亮指给他看。徒弟不能抓住手指不放，而是顺着手指看到月亮。"谈""典籍"是指。指与说不同，指，没有用文字。你只抓住语言，那肯定是纠缠不清的。

人们已经看到真相，他再来指一遍，这就是缺乏思想力。大家都已经在看月亮，他来指出，说大家看，那就是月亮，还说月亮是被他指出的。

语言是真相吗？不是。我们说"爱"，不是"爱"的真相，是符号。所以谈情说爱是符号游戏。真正的爱是行动，是奉献对方的行动。真爱是感动。有人被"花言巧语""巧言令色"所动，那是受蒙骗，被那个游戏所骗。

思想在语言里，我们相信一个人的思想，就是相信他的话，相信他的符号游戏，而没有相信真相。语言，听过之后，就可以放弃了。手指指向月亮，看到月亮了，你必须放弃手指，不然你无法看到月亮，只能看到手指。

既然语言是指向，不是真相，那么思想也是指向，也不是真相。我说思想力，就是指一个人能指出别人没有发现的真相的能力。

这个世界，思想家太多，他们都在指出真相。他们站在东方指出月亮，站在西方指出月亮。月亮只有一个，却在无数个地方被人指出。当你已经看到真相，你就不再要思想了，当然你就没有当思想家的必要了。把自己当思想家的，总是喜欢指来指去。整天指手画脚的只有疯子，只有疯子才会不顾真相地指来指去。

我希望人们看了我的书，就忘了。我们一起看月亮，我们是道友、朋友。"朋"字造得好啊！一定是一起看月亮的两个人，都把月亮看在了心里。你心里一个月亮，我心里一个月亮。你一个月亮，我一个月亮。我的月亮不仅照彻自己的心底，也照你；你的月亮不仅照彻你的心底，也照我。我们肝胆相照。

思想家是片刻的，不是永远的。把自己当永远的思想家肯定是发疯了。因为你已经指出月亮了，大家都看见了，你还老是指在那儿干什么？对于一个无知的孩子说月亮在哪

里？一指，在天上。那个孩子知道了，你还要说月亮在哪里？一指，在天上。多余，多此一举！而不少思想家不知多了几举，他不是神经病、疯子，又是什么？

当你觉得文字本身不重要的时候，文字已经被你用得随心所欲。文以载道，文的目的是载道。文字是承载"道"的工具，就好比是一辆车。很显然，载道的不仅仅是文。道无处不在，文是人用以载道的一种方式。

文化，我的理解是因文而化。化，教化，转化。没有文，就没有传承，没有传承，就没有用来教化的经验。对于道，本身是不可说的，但必须用文字记着。

不然，我们没有小说看，没有诗句欣赏。文学作品虽然不是真实的世界，不是真相的本身，但它让你有了一个间接的审美。

猴子和乌龟

　　动与静都是事物的本性。你不能用强制的手段让静的动起来，让动的静下来。你能让猴子和乌龟一样生活吗？不能！你能让乌龟和猴子一样生活吗？也不能！本性不同。当然猴子也会安静地休息，乌龟也会在大海里自在遨游。正如，太极图所显示的一样，阳极生阴，阴极生阳。

圣人无常师

老师教给你知识，师父带着你一起生活。老师说这段课文今天要会背。师父说饭菜都凉了，快点吃吧。老师说不许背错一个字，师父说不要浪费一粒米饭，要感谢上苍的给予。无论教师怎么教，学生都无法成为你（老师），而是成为他自己，所以老师真的不必看重自己，而应看重学生。老师的责任就是让学生顺利地、健康地成为他们自己。

圣人无常师。（韩愈《师说》）照理说圣人已经是个师父了，但他还要不停地拜师，到处地拜师。因为圣人知道在伟大的"道"的面前，他永远是个学生，他情愿做一名学生，永远是一名学生。道是无限的，求道、修道、学道，也是无限的，永远不停止。做学生也是不一天两天的事，活到老学到老。正是因为如此，他在别人眼里是个师父，是伟大的导师，是圣人。一个永远在当学生的人，才是真正的师父。

实在地生活就是真理

实在地生活就是真理，每个片刻都是奇迹般的精彩。如果只是苦苦地思考什么是真理，你就错过了精彩，也错过了真理。

花开花落一样的课堂

有很多学生不能感到学习的幸福，是因为老师离开"道"太远了，是我们的教育方式、目的离开"道"太远了。我们总是在引导着学生到另一个世界，总是在引导着学生成为某一号人物。也许世界就是这样，社会就是这样，所以佛认为生为牢役。也就是说幸福是相对的，人生没有幸福可言。幸福来自于"比"。"比"是二，而不是一。"二"意味着分裂、分别。真如则是一，一就是"道"。居然有人发明幸福指数，幸福居然可以测算，荒唐之极。

上课，老师像是要极力地操纵某件事，而不是自然地顺应，所以，上课对老师而言是吃力的，没有幸福可言。如果上课像花开花落一样自然发生，课堂不仅是学生成长的地方，也是老师成长的地方。成长是生命自然，幸福就会在这里。

教育的幸福，幸福的教育在于道法自然。

圣人的个性

说有个性就是说这个人与众不同，其实每个人都是与众不同的，也就是说每个人都是有个性的人。圣人是更具美德的人，他的德比一般人更突出地接近完美，更合乎"道"，因此圣人是个性突出的。然而，道德乃至美德不正是社会的共性要求吗？它之所以成为圣人的个性，是因为圣人达到了这个共性。圣人是唯一站在金字塔顶端的人。众生有着共同的梦。这同一个梦被圣人通过有为的努力实现了，圣人把实现梦的体验告诉众生。这个梦应当说是理想。因为梦不是想做就做，只有理想可以计划着去做。

无我算不算是一种个性？到了这个阶段应当说超越了共性与个性的相对性。放下，庄子就这样成了"神人"。庄子在人群中没有什么特别之处，以致梁子派出国家警察也根本找不到他。

从语言逻辑上讲，如果你面对的人都是有我的人，那么

你的无我的确是一种个性。但是这仅仅是从语言逻辑上看，事实上，无我的人不标榜个性，他根本不和有我的人对立。

有我的人与有我的人才会形成对抗。有我的人在无我的人面前，他不会去对抗，有我的人只能投入。当有我的人离开，也不会把无我的人带走。因为无我，所以你就没什么可带。

而无我的人与无我的人，就会变成一个无我。因为无我本是世界，两个无我一经出现立刻消失。一切按着自身发展。

无我就是混沌

无我就是混沌，就是无为。一切都不是刻意追求，而是水到渠成。

一个人觉得自己有水平，正好说明他没水平。有水平的人总是觉得自己要学的东西太多。知道学无止境，这说明学到家了。一个觉得自己是成功人士，这正是他的失败。一个人觉得自己是个得道之人，他的这种感觉正好说明离道远得很。因为"道"无法获得，只能顺应，所谓顺其自然，正是顺应"道"。

失败是成功之母，成功也是失败之母。一个人在混沌的童年时，你告诉他成功的荣耀，等于也告诉他失败的耻辱。他从此因成功荣耀而欢欣鼓舞，因失败耻辱而伤心沮丧，他不再是混沌了。

当他本身成为道，他又何须说什么才是道？当他说什么才是道，就等于说其他不是道。语言的障碍就在于此。因此道可道，非常道。

生命就是道、自然，像水在流动。在取名之前，他自然流动，取名之后还是那样自然流动。流动和"名"没有关系。道、自然，原本就是没有名字，这是物的开始。有名字，这是人文的开始。

朴素真实的生命无须点化，我不点化你，你才活得本真。一经点化，你就从无变成了有，并为有所羁绊。所谓点化是针对那些身上羁绊着的人，让他放下，返璞归真，回归生命，回归道。

每个孩子都是天才

刻意是与自然相反的。今天又有一个孩子的母亲打电话给我，要我教她的孩子画画，而我只能答应她，让她的孩子和我的女儿一块儿玩。其实，我根本不教女儿画画，我所做的就是欣赏。女儿每次画画，都会激动地拿给我看，我从不教她画画的技巧，只是欣赏她的作品，欣赏她画画时的一举一动。有一段时间幼儿园老师非要她参加美术培训班，教给她该这样画、那样画。结果是，她只能像她老师那样画。我立刻不让她上培训班，全由她自己画。半年后，她再次加入到自由自在的天地。我的母亲说，别人家的孩子学这样学那样，我却让孩子在家里玩。以后，人家的孩子什么都会，而你的女儿什么都不会。我说可能恰恰相反。母亲说，你的孩子是天才？不学都会？其实每个孩子都是天才，是刻意的教育，让人变得呆板。我不能教那个孩子什么，我只能答应那个母亲，让她的孩子和我女儿一块儿玩。

南瓜、冬瓜和傻瓜

一个单纯的人在复杂的人眼里是傻瓜，难道一个复杂的人在单纯的人眼里不是傻瓜吗？这是多么可笑的事。一个碗里是清水，一个碗里清水加了点糖，一个碗里又多加了一点盐，它们谁是傻瓜？它们都不是，又都是。一个人口渴的时候，给他清水是最聪明的，给它一碗汤是傻瓜；一个人吃饭时，给一碗咸汤是最聪明的，一碗清水又怎能让他吃得下饭；甜的饮料，虽不能佐饭，也不能解渴，但许多时候人们并不渴也不饿，那么给一点甜水饮料喝是最聪明的。

一个幼稚的人在成熟的人眼里是个傻瓜，难道一个成熟的人在幼稚的人眼里不是个傻瓜吗？这又是多么可笑的事。

一个南瓜在它还是嫩头的时候，它是个南瓜；等它成了老南瓜时，它还是个南瓜。凭什么说小南瓜笨，而老南瓜聪明呢？又或者说老南瓜笨而小南瓜聪明呢？

当人们想吃冬瓜的时候，给出冬瓜是聪明的。可是，南瓜无任它怎么生长，都不会长成冬瓜。

摆

一个人可能在某方面能力强一点，想得要全面一点，看事物也本质一点，但他不可以在人们面前"摆"。一个整天摆弄聪明的人，会有许多人讨厌他，甚至想害他，又甚至正在实施害他。正如，一个人富有了，却不能摆阔。摆阔，一定会招人嫉恨的。谁会去欺侮一个傻瓜，欺侮一个傻瓜是没有满足感的。如果一个人连傻瓜都要欺侮，说明他也只是一个傻瓜。因为他选择和一个傻瓜较量，就算他赢了，他也只是赢了一个傻瓜，他才比傻瓜高一点。

一个喜欢在人家面前摆弄聪明的人正好说明他是个大傻瓜，而那些在人们面前谦卑示弱的人才是真正的智者与强者。谦卑不等于畏惧，它是智慧，乃至慈悲，这样的人无争无为。

一个傻瓜从来不会认为自己是傻瓜，如果他认为自己是傻瓜，他就不是傻瓜；所以，一个聪明人从来不认为自己是聪明人，如果他认为自己是聪明人，他就不是个聪明人，因

为傻瓜不认为自己是傻瓜。

总之，摆弄聪明不好，摆阔不好，甚至摆谱也不好。

高　人

真正的高人是世外高人，是得道高人。我说的世外不是指在某个深山老林里隐居，而是指他的心置身世外，他在世界外面看世界，所以他看得全面，他能从整体上把握世界上各种事物之间的联系。旁观者清，他是世界一个清醒的旁观者。然而，他并不放弃这个世界，而顺应世界的自然变化，他看到了天道，以自己的身心去实践，去维护这个天道。他会云里雾里，他的行踪飘忽，神出鬼没，神龙见首不见尾。一双世俗的眼睛很难真正看见他。如果你能认识他，你就能和他产生无声的共鸣，你也是一位高人。

他不需要权力。权力对他而言是一种束缚，是有为。他的力量不是来自权力，而是来自生命、自然、道。法家讲权势，讲到霸术；儒家讲权力，讲到尊卑。道家和他们不一样。道家崇尚生命的原始。

不　言

一个人做了慈悲的事，他却并不是为慈悲而慈悲，而是本性使然，这才是真正与道相合。人生来就处在善恶两分的世界（社会），很难回到混沌。知"道"与顺应"道"是两回事。你睁着眼睛，却要当作看不见，这太难了。

贫穷肯定不是美德，富贵也不是美德。天地有大德而不言。

以清贫来标榜自己廉洁，本身内心是污秽的，只有不言。

以富有来标榜自己高贵，本身就是贫穷与卑下，只有不言。

不言而喻。

走极端

与不落两端，会归中道相反的行为就是走极端，天平失去平衡。有一个女学生经常出走不回家。班主任管她，她嫌班主任管得太严。所有的人都明白严师出高徒的道理，但她不明白。她要求换班级，理由是她认为其他班级自由。她在走极端，她不知道班主任管她是爱护她。放任自由，实际上是不在乎她。我对她的父母讲不要着急，她现在因为不懂事才犯错，她没有很深地理解父母、老师的爱。但懂事和很深地理解不是从书本上读一遍就行的，她要在生活中不断体验。她走极端，她只感到"管她"对她来说是束缚，她根本没有看到与之并存的关怀与爱。如果两者都看到，那么她的心就平静了。作为班主任、父母不仅要爱自己的孩子，还要让孩子看到你的爱。现在孩子只看到"管"，说明在爱的投入上缺少必要的彰显。

从前我是个酒大王，可以说是个嗜酒的狂徒，自称太白第二，乡里称酒仙。最多的一次是表哥结婚，我一人喝了两茶壶半水酒。一茶壶相当于两热水瓶，我等于喝了五热水瓶。一热水瓶大约五斤，我大约喝了二十五斤。十多年后的一天，表哥请客，我喝了一斤烧酒，结果第二天拉了二十五次。我知道肠道坏了，只得戒酒，并且要持酒戒。天平的那一端太重了，如果不走到这边这个极端，根本无法平衡。我只有走到另一个极端，然后慢慢走到中间。那种稍饮之人，每日皆能微醺。他无须走另一个极端，而我只能走另一个极端，滴酒不沾。

如果你真实地和一个人相处，你是一个爱恨缠绵的人。一个人只要与另一个人有关系，无论亲密与否，都包括爱与恨。不会因为亲密就不恨了，不仅有爱也必有恨，而且是爱之深便恨之切。恨铁不成钢，不是因为恨，而是因为爱。

如果一个人与另一个人无关，那么他的心里才会没有爱，当然也就不会有恨。佛、菩萨超越了爱，当然也超越了恨。所以，佛、菩萨没有爱也没有恨。唯有慈悲，这就是佛的"爱"。如果爱与恨是天平的两端，佛就在中间，不偏向任何一边。因为爱与恨都会让人在真相面前迷失。

时　间

西方人创造了钟表，分分秒秒都精确地计算着，西方人过得很紧张。那紧张是清晰的。中国人用漏、日晷、燃香计算时间，中国人的时间概念是大致的、模糊的，所以中国人生活得自在、不紧张。

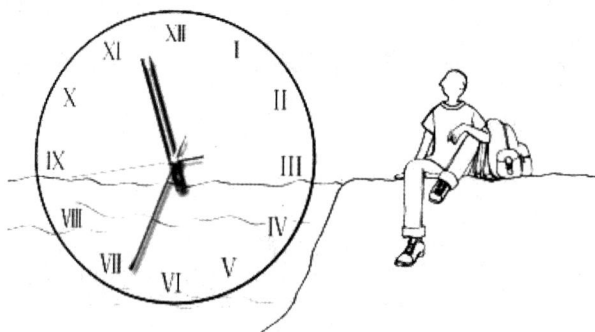

弄出问题的人

蜈蚣一直在自如地行走，狐狸见了问了一个问题："聪明的人只能操作两只脚走路，你却能操作上百条腿，你是怎么操作的？"这下蜈蚣懵了，有了这个问题之后，蜈蚣失去了原来的自如，它的行走成了一个问题。一切自然存在的原本是没有问题的，但世界上就是有一些像狐狸那样自以为聪明的人，把世界弄得到处都是问题。问题多了就没有自在了，不自在，哪里还有快乐？

一　定

一杯水是淡的，才是水，不然可能是酒、茶、牛奶。水之所以是水，是因为水的"一"没有变。一定，一定，能"一"方能"定"。何谓"定"？"定"就是保持真如。

打麻将可以成佛

打麻将本身没有问题，是打麻将的人出了问题。麻将作为游戏如果只是娱乐，就没有失去游戏的本质。佛无处不在，我有一次在九龙禅寺见众僧诵经，我便偷偷地看了僧人手中的经书，发现还有一个佛叫游戏佛。看来打麻将，不仅是娱乐，还能成佛。关键是怎么玩游戏，是不是真正在游戏，还是以游戏为形式做一些别的、迷失本性的事？

在许多情况下，打牌成了你死我活的争夺，你还能说这是娱乐吗？如果这也叫娱乐，那太残酷了。我有朋友对我说，我不想赢别人的钱，可是别人想赢我的钱，所以，我必须努力，开动脑筋赢别人的钱。问题就出来了，参加打麻将的人都认同了你死我活的争夺作为游戏的规则。

远离游戏本质打麻将，贪念渐起，这已经是伤到了自己。利令智昏的你心灵已经受到污染，同时你又在影响和你一起打麻将的人。自己迷失了，还带着他人迷失，自己什么时候成了社会中的不和谐因素，自己却不知道。

打麻将本来可以成佛的，贪念一起却入了魔。

你有你的自然，我有我的自然

自然而然的人，不会让人有什么特别的感受。倒是不自然的人，让人感受很特别。比如一样东西特别有味道，这说明它的味道一定是过头了。不淡也不过分有味才是正常的。这又要看一个人适应什么滋味，一个体力劳动者，出汗多，需要盐分补充，喜欢吃咸一点，因为咸一点对他来说是正常而自然的。换个人，吃的咸可能会对身体功能不利。

自然是不统一的，你有你的自然，我有我的自然，大家一模一样，守着一个样式，你是喜欢吃咸的，我偏偏要让你跟着我的味吃甜，弄得大家都不自然。

在工作中遇到类似的情况，有的人长官意识强，他认为对的，下面就非执行不可。下面的人，不执行又不行，执行起来又不自在。领导认为这是正常的，下面的人说，累死人了，但敢怒不敢言。看来，布置工作任务时，要看看是不是适合被布置的人做。现在，许多工作是硬生出来的，根本不是从人性出发，无非是为了在工作业绩上多画一横。但是我们工作的目的是什么呢？不是为了账本上的一横，而是为了自在，幸福。当然账本上一横都没有，也不行，因为不干活，就不能获得基本的生活物质，同样也是不自在的。

内在的贵族

只有内在的贵族才能真正面对各种困境，并智慧地快乐地度过。一个人觉得自己已经是个内在的贵族了，这话又不能说出来，说出来就有自我夸耀之嫌，一下子，内在又变得贫穷了。如果你对别人说，你看看我多谦虚，这一下，你还真是骄傲。

他的修行进步不少，他静下心来练字，但有一点，他常常会谴责别人，常常要夸耀自己的领悟，就像一个人刚刚有了件新衣服，不时地要穿穿，露露脸。一个人如果很富有，他就不再有新旧之分了。小辉是一个刚刚在精神上发现财富的人，还不是一个精神上的贵族。有一天，他打了一个人的耳光。他告诉了我和他老师，说他这件事做得如何正确。对方该受此教训的理由，是因为对方说谎。他的老师问打人是不是最合适的方式呢？佛门中的确有当头棒喝的法门，那也得机缘到了才行。他的打是出于对说谎的"恨"，还是出于

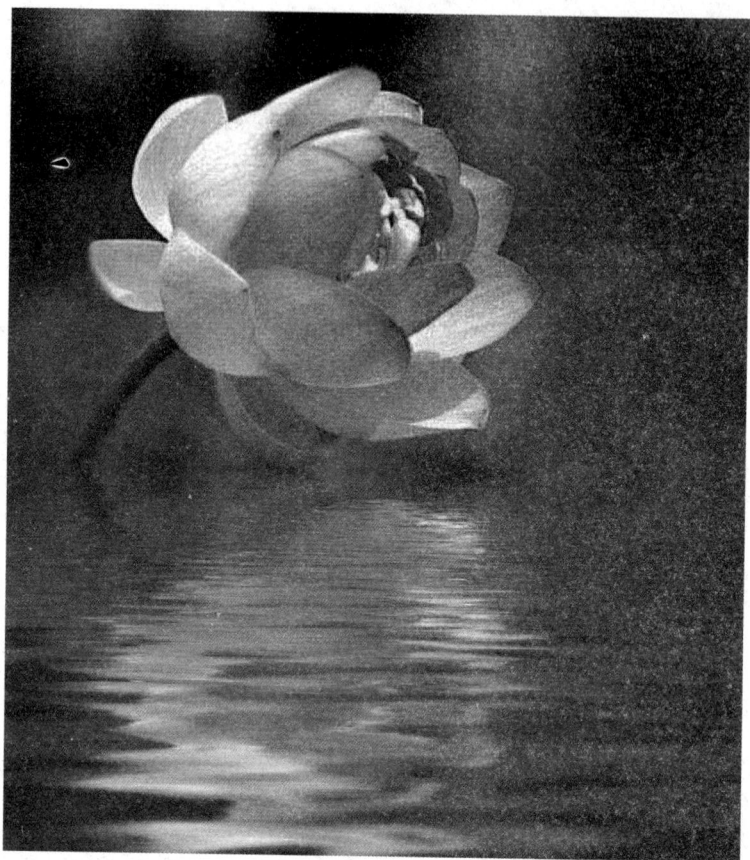

对灵魂怜悯的慈悲拯救呢？如果是"慈悲"，像母亲打孩子，孩子不会记恨母亲。因为孩子知道母亲爱他，是因为爱才打他。慈悲是超越爱与恨的，是大于伟大母爱的垂怜。他和那个人非亲非故，肯定不是出于那种类似母爱的爱。但是不是已经达到慈悲的境界了呢？那个被打的人只知道你恨他，只知道自己惧怕小辉。虽然那人因说了谎而挨打，但那人仍然恨小辉。

名　牌

———❦———

　　我有一个朋友喜欢穿名牌，认为这样可以提高自己的品位档次，每每买了新衣服都在人前炫耀一番。有一次，他在我面前炫耀他的名牌衬衫，我撩开衬衣指着自己裸露的肚皮说："名牌！"

　　这个故事用在当时，可以说明这样一个道理，人要完善自我，而不要依靠外表的修饰。但如果逢人就指着自己说"名牌"，那就和炫耀衣服没什么两样了。

　　我对穿衣服是不是名牌向来无所谓，我的妻子给我买了件名牌，她说："总该穿得像样点。"我说："我是你老公不就行了，穿什么都还是我自己。总不会因为穿了一身名牌，就成了你的名牌老公？"不知过了多少年，衣服什么时候在我家消失了，我也不知道。大概是旧了，被妻子处理了，可我就是想不起来是什么牌子的衣服了。

　　住旅馆，只要干净、安全，睡得踏实，是不是几星级的并不重要。

老虎的利牙

当一个人有了老虎一样的利牙，他会不会吃人就会暴露出来。因为一个没有利牙的人，他只能选择温良。

这就是为什么有的人当了官之后，就变了；为什么有的人富了之后，就变了。

贫贱不失其志，富贵不失其仁，不是那么容易做到的。

是权和钱改变了人吗？还是在权和钱面前暴露出本色？又或是，正是因为本色如此，才去追求权和钱？

工作与自然

人们从事的工作是合理地从自然获取生存资料的方式。这就是工作的性质。合理体现在两个方面，一是不过分开采，怎么才算是不过分呢？那就是开采速度要与物质循环速度相吻合，不能超过物质循环的速度。二是维护与保持自然健康的生产力。科技进步了，开采的效率就会提高，可是自然循环速度不会加快。科技进步了，使得正常的开采成为掠夺，成为一种破坏。

造了几个水泥厂，以为就改变地方经济了？环境是上万年乃至上亿年自然形成的。环境变了，什么都变。要想再变得和谐，又要上万年上亿年。改变它很快，一个水泥厂，一年半载就夺去了一亿年。那些山石是自然形成的储水系统，一旦山没了，水将无处储存，很快就会挥发与流走，那么就会缺水。水流过快，就会在雨大的时候造成下游一下子水位暴涨，水灾就来了。逆天而行，天谴就来了，报应就来了。

怪　胎

我有一个朋友说宗教都是邪教，我只能觉得他无知。他进而说佛教稍微好一点，但也是邪教。我说："你举个例子说明一下。"他说："一个妇女怀孕了，医生检查，发现胎儿是畸形的，却不允许堕胎。"我问他从哪本书上读到不允许堕胎，他说从景德镇买来的一本书上。我的另一个朋友立即说："是不能堕胎，你有什么权利剥夺他生命？"他说："他是怪胎！"我说："也有人说你是怪胎，你怎么不去死？"每个人都有可能被非我说成为异形，但非我没有剥夺我生之权利，同样我也没有剥夺非我生之权利。那个朋友说："问题是将来他会很痛苦地生活。""你怎么知道他痛苦？"另一个朋友马上说了一句。《庄子》里也说过，你又不是鱼，你怎么知道鱼就不快乐了呢？我说："你还要说阿义可怜！"我用了鲁迅《药》里的一句话。

一个人在别人眼里都是不同程度的怪胎。

普　通

一个人普通到不能再普通，普通到没有一点特别，那就能大隐隐于市。这样的人你想找到他真不容易。小偷为什么能被警察抓到？因为他太特别，反常。

人往往不愿意变得普通，仿佛都是为了特别而活着。几乎所有的人都渴望活得比别人富有，比别人有地位，比别人有名声……

人就在"比"之下生活，无论比来比去比得有多少累，他还是要比下去。

一个人能活得默默无闻，而能快乐自在，那是怎样的一种境界？

历史与神话

当历史成为神话，意味着事件超越了时间，成为精神。比如，后羿取代了夏，变成了"后羿射日"。炎炎夏日，大概也就是暗指当时夏帝太康无道。后羿的妻子离开了后羿，成了"嫦娥奔月"。嫦娥的原名叫姮娥，名字可以是虚构的，但后羿的妻子的确嫁给寒浞，所谓的"广寒宫"应该就是指"寒家"。

当神话成为历史，也就是神话居然被实现了，意味着事件成为理想，比如飞天登月。

数学太简单

有一天我的母亲责问我的女儿："你为什么不做数学？"
我的女儿回答："数学太简单！"也许女儿是对的，尽管她
的数学作业有许多是错的（按现有的逻辑与数理）。我那小
学一年级的女儿，做数学总是漫不经心，随便地写一个答案。
她这样随便地写，居然也没有全错，所以数学太简单。

另一个原因，她喜欢画画，她越画就觉得越精彩。因为
画画，我从来不给她答案。画画没有对和错，画画超越了对
和错，所以就有了精彩。和精彩相比，一个已经确立不变的
答案的确是一种简单。不像画画每次都会有惊奇，而数学同
一道题，这次是这个答案，下次还是这个答案，你说简单不
简单？

轨道与小河

西方是个契约型社会。婚姻是一张契约，也就是婚姻从一开始就不信任对方，从一开始就想着万一离婚之后的责任与财产分配。契约就是合同。结婚证等于就是让两个人在合同上签字。结婚后双方都要履行合同，按合同办事，不能违反合同。契约就意味着不一定信任对方。那么又何来爱呢？

火车轨道是设计的；河流是自然形成的。婚姻是在轨道上奔跑的火车；爱是在河床上流淌的河水。

真诚不是形式，是不知不觉地流露，而不是有计划的某种形式的表达。

爱是自发的，是自然的行为，不是逼着自己要去做的事。

我们可以在学校里学到知识，但知识不是真实的本身。在关于爱的课程里，你可以学到种种关于爱的解释，但你不能够从这些解释中得到爱。

东方学西方，东方也越来越法制化了，也就是有了越来

越多的契约与合同，这正好说明东方人也逐渐人心不古，人与人之间失去了真诚与信任。

东方也由生命到机械，东方的婚姻逐渐丧失生机。

现在法律多到什么程度？多到几乎没有人能背出法律条文；多到几乎没有人知道有多少种法。既然不知道，又守什么呢？人啊，还是得靠良心在社会上生存。

责任与爱

印度的奥修说："责任是一种顾虑。"这种顾虑是自己找的，也就是说所有的责任都是自责。工作有可能是别人安排的，这种责任感的"顾虑"是自找的。所以没有责任感的人，肯定无忧无虑。

没有责任也分两种：一种有爱，一种没有爱。有爱的人在奉献中快乐，有幸福感。没有爱的人，不知道奉献，以自我为中心，与人往往不融洽，因而没有乐。要做一个有爱的无忧无虑的人，肯定不是一个常常自寻烦恼，动不动就责怪自己的人。肯定是一个放下顾虑的人。这个爱是大爱，是慈悲。只要在爱，他就是在奉献，就已是心满意足。

责任出于工作的需要，出于政治、经济、道德等的需要，有岗位才有责任。而爱是出于生命的需要，即便是没有岗位，也需要爱与被爱。

有了爱，有没有责任无所谓，它本身高于责任。

没有了爱，起码得有责任。不然自己沉沦的同时，又伤害了别人。

　　婚姻讲个门当户对，这是家庭政治的需要，因为婚姻中的成员，必须在其岗位上担负起相应的家庭责任。王子与灰姑娘那是爱，是生命的需要。相互间，没有责任。没责任也没什么要紧。为对方做点什么，完全是爱的奉献，而不是工作责任。被爱也是因为对方的奉献，而不是因工作成绩而得到的报酬。

朝三暮四与朝四暮三

人是有各种各样的欲望的。当他的主要欲望得到满足，次要方面，就会变得更重要。比如一个人吃饭不愁，那么你给他粮食就是多余的了。说不定你现在给她一个女人，他会更感动。你本来是要给他三斗粟的，现在呢？随便给一点就行了。

人只要冷静下来就会发现，朝三暮四与朝四暮三，在量上是一样的。但冷静并不是件简单的事，凡人都会像猴子一样浮躁。猴急的人往往看不到整体。人往往和猴子一样执于一端，片面地对待事物。多少个有头脑的科学家，他们研究的都是片面的、局部的。

我一直认为一个人一辈子的福禄是有定数的。你不要看一个人年纪轻轻就成了大富豪，那是老天爷把他一辈子的福禄一口气给了他。现在少取点，以后多取一点。现在多取点，以后少取点。是慢慢取好呢，还是一下子取完用完呢？慢慢

来长寿，一下子来壮观。如果你选择长寿，那么吃素、念佛、不浪费、好施舍都是在延长你消耗福禄的时间。

其实，朝三暮四与朝四暮三还真不一样，他需要三，你给他四，那是多余；他需要四，你给他三，那又不够。时间不同了，需求也不同了。朝三与朝四怎么会一样呢？暮四与暮三怎么会一样呢？你说年轻时叫你少跟女人来往，等年纪大了让你多来往来往。你干不干？你肯定不干。朝是一定要四的，因为朝的欲望和暮的欲望不一样，朝盛而暮衰。

睡不着觉的红木床

有了张红木的床却睡不着觉。一是兴奋自己的拥有；二是担心被偷；三是担心自己的睡相不好，一不小心就睡坏了床。

家里铺了高档地板，从此走路都不安神，要脱鞋子不说，茶杯盖儿掉地上都要遭老婆训斥："你看看，这么不小心，还不去看看地板破了没有？"真想念没有地板的日子，在家里走来走去，自在得很，铺了地板，自己就得像孙子一样侍候地板。表面上你踩着地板，实际上你被地板踩着。

人买了部车子，便开始侍候车子。人买了套房子，便开始侍候房子。

喜　剧

———◦◦●◦◦———

　　一个人为什么快乐？因为他看到别人的缺点。喜剧就是把一些人的缺点组合在一起的表演，从而来证明观众的智慧，这是多么高明的表演。

　　也有被誉为先锋的电影戏剧绘画等艺术家，他们的目的是在证明观众的愚蠢，把观众看得云里雾里，他们的目的是在给观众启示而不是娱乐，他们的表演就像是一堂深奥的哲学课。其实，这样的艺术家是愚蠢的。愚蠢就愚蠢在他把观众当学生，把自己当老师。愚蠢就愚蠢在他把艺术当成了说教，还玩深沉，故作深刻。

女人的发泄是在倒垃圾

女人讲话往往是一种发泄，而不是倾诉，所以一般情况下，你不必倾听，而是等她发泄完了，搞一下卫生，清理一下精神垃圾。

女人的发泄就是在倒垃圾。倾听，就是把对方的话珍藏在心底，像一个收藏家一样。试问有哪个收藏家会收藏垃圾？面对垃圾，你只能做环卫工人，今天扫了，明天还会有垃圾，明天你还得扫。

那个能任凭一个女人发泄都能保持沉静的人，要么看清一切，要么不爱那个女人。那个把女人的发泄当倾诉来倾听的人，虽然他没有看清事实的真相，但他一定很爱那个女人。如果他听了之后还有情绪变化，说明他相当爱那个女人。

话少的人，往往用心说话，说一句是一句。一个人话很多，一般人听着都会疲倦，就算不是废话，你又能听进去多少？如果是一堆废话就更糟，谁愿意把自己当垃圾桶。

有人做过专门调查，一般的女人一天一定要说一万句话，少一句，晚上都睡不着。

没头脑不是件坏事

————————•●•————————

孟子说"食色性也"。吃东西，男人喜欢女人，女人喜欢男人，是本性。本性是天给的，是自然的。什么样的快乐最快乐，符合自然的快乐最快乐。所以，吃东西快乐是原始自然的快乐，人们无法舍弃；男女性爱的快乐是原始自然的快乐，人们无法舍弃。但是，如果你脑子里有一个声音在对你说，不喜欢吃的也要吃下去，就算是毒药也要吃下去，然后，你吃了，你还会快乐吗？又如果你脑子里有一个声音在对你说，那个你不喜欢的女人，那个让你恶心的女人，你非跟她做爱不可，然后你做了，你还会快乐吗？

你脑子里的那个声音就是弗洛伊德讲的显意识，而那自然的本性应该是潜意识。潜意识是生命需要，显意识是意志需要。

这就是为什么有人会喜欢吸毒。因为吸毒可让人暂时失去头脑，失去显意识。当那个控制人的意志没有了，人就变

得不受控制，自由自在，想什么是什么。吸毒就这样带给人一个短暂的虚幻。

这就是为什么郑板桥会说出"难得糊涂"。意外之喜才是喜上之喜。

我们常说聪明反被聪明误，聪明过了头，就是指那些头脑很强而失去自然本性的人。

没头脑不是件坏事，有头脑活得才累。

救世与扶贫

慈悲心一发，就会有救世之念；当年的革命，就是一个救世行为。

一个地方穷，就号召大家捐款，救得了一时，救不了一世。长此以往，惰性就来了，那地方的人就习惯过一种寄生的生活。

《老子》有云："授人以鱼，不如授人以渔。""授人以鱼"解决一时的饥饿。而"授人以渔"，教会人家生产的技能，就能受用一辈子。

光"授人以渔"，教会人家技术就行了吗？你教会他捕鱼，结果他把河里的鱼抓了个光。第一年，他自己吃不光，就腌鱼、做鱼干，还拿到市场上去卖。他赚了钱，讨了老婆，生了孩子。谁知道，河里再也没有鱼可抓了，又得挨饿。这时候又有高人指点了，没得抓，你不会养吗？于是在河里，装了网箱。养一点不赚钱，要养就得养多一点，吃饲料。听

说鸡大便可以喂鱼，那就让鱼吃大便吧。结果河水被污染了，喝水又成了问题。都要上规模，怎么办？没那么多饲料，转基因。一下子，转基因，反季节食品大量上市。人就那么一个肚子，要那么多食品干什么？结果吃出了毛病。人就不能干点别的。人们已不是在消费了，而是在浪费。浪费成了一种富有的象征。吃的是变态食品，而且是大量地吃，人不变态才怪。变态了，不仅出现了健康问题，而且还出现了社会问题，人极度浮躁，社会、家庭都不稳定。

再说一个例子。人发现煤可以烧，但采煤毕竟没有打柴方便，后来，懂得了开采技术，结果是把山都挖了。静下来想一想，同样是烧，为什么不烧柴呢？柴，每年都可以长出来，只要算准了取的量，年年都有的砍。柴再生循环多快，煤的形成一般要几千万到几亿年。同时带来的是污染，大气变暖。山里挖煤，山没了；草原上挖煤，草原没了。像煤这一类资源的开采，要把它节省到最低量。

我们原先造房子，用的是木结构，现在用的是钢筋水泥。窗原来是木窗，现在是铝合金、塑钢。木头的再生只要十年二十年。金属从矿的形成到冶炼，恐怕也要必须几千万年到几亿年。好好的山，种点树不好吗？非要去挖它。你不挖不也还是做那点事吗？

如此"授人以渔"却不如"授人以鱼"。反正，你富裕了，养着穷的就是了。你一旦教了他生财之道，世界就开始饱受灾难了。

什么人配享用先进的技术？对世界不造成危害的人。明事理，并通天道的人。所以，光扶贫还不行，还要正心。不正心的扶贫，只不过是同情而已，谈不上慈悲。救世要从安"心"入手，只有心没有过多的欲望，只有道存于心，道法自然，才可以"授之以渔"。

可是，当一个人能够道法自然了，技术对他来说，一点意思也没有了。

就像金庸的《天龙八部》中，少林寺的扫地僧，武功对他一点意义也没有，要来又有什么用？

我们可以这样理解，当一个地方的人文化境界没达到一种境界，扶贫改变不了什么，可能还会适得其反。光靠捐钱，投资，科普，没有用，可能会更糟。就算赚了钱也未必是好事。要先办教育，搞文化，要先正人心。

酒和道

酒和道都能让人放下自我，进入空无之境。所不同的是，酒是不自觉的，道是自觉的。自我觉悟与不是自我觉悟相差大了。酒会乱性、伤身，让人迷失，是暂时的。道则是抱朴养身，让人回归，是永恒的。

自我是问题所在，也不是问题所在。因为自我不是个问题。自我是不是"在"？是在也不在。自我需要放下，这说明你认可自我的在了！如果你认为自我不在了，放不放下也就无所谓了，有那样的想法就是多余的了。既然自我不在了，又是谁在"认为"呢？这些绕来绕去的问答游戏有趣得很，但有时也觉得烦，而且还是自寻烦恼。算了，吃饭去，睡觉去，拉屎去。对街的女孩儿天天在隔着窗看我。

亲　密

　　两个亲密的人根本无须说对不起，太客套就显得见外了。

　　如果有一天所有的人都让我感到亲切，那么我就真正得道了。事实上，大多数人都生活在戒备之中。古人云："害人之心不可有，防人之心不可无。"我和周围的许多善良的人一样，虽无害人之心，但防人之心常怀。如果有那么一天，我无须戒备，而又不会受到任何的伤害，那是怎样一种修为？

　　爱一个人不必说什么。

政治与野心

清明的政治是一种积极的行为。非清明的政治是一种疯狂的行为。

因此，在所有的政治团体里（政营里），只有两种人：一种是积极分子；一种是疯子。

跟着积极分子做事，就会提高工作效率、加快发展的速度。跟着疯子做事，就会天下大乱。所以跟着疯子做事的人还是个傻子。

"野心"这个词本来很好，有一种回归自然的味道，小隐隐于野嘛。后来把一个政治平台，称之为朝野。"朝野"这个词，原本是有自然之意味的，自然之道不外乎一个"真"字。就是说治理天下要合自然之道。当然道是无为的，而政治是有为的。有为即是人所为也。因此，道德秩序皆为人所有。所以"野"这个词就有了不守规矩的味道。所以"野心"非但有"在野之心"的意思，更主要还在于有"狂野之心"

的意思。

"野心"这个词肯定是用于政治场所中的人。一个人想成为一名作家，这就不能说是野心。一个公务员想成为一个局长，这可以说是野心。所以从政之人，如果是明自然之道，行自然之事，这样的"野心"家多多益善。但如果是那种疯狂的人，整天妄想着升职，职位一旦上去就知道显摆，那就是一种本性的迷失，这样的人要先看病，而不是让他来治事。

一个人有野心，就会有一个位置高于自己的自己的存在。所以，有野心的人，把自己变成了自己的奴隶。

野心是政治的需要，是有为。从政，有了野心，容易变老，因为它是一种积极的行为。积极的行为肯定是要比常态下的做得多、做得快。但生活却需要无为，因为只有无为才能逍遥，才能有真正生命的恬然。一个人如果想保持相对长久不变的年轻，那他最好选择无为，不要有什么野心。

流　露

艺术是一种流露。好文章是流出来的，不是做出来的。就像山间的清泉一样，自然地流淌。好的画也是流出来的，是情绪的自然流露，是内在的自然抒发。做出来的画，是设计。好的舞蹈也是流出来的，是自然表达，是生命的狂喜与舒张，与郁结的聚拢和延滞。不然，就是肢体的机械运动。我有个教了九年音乐的朋友，他"念"了一支曲子给我听。我之所以用"念"这个字，是因为他的确像识字一般把一首港台歌曲《万水千山总是情》念了出来。每个音符他都念得很对，一字不差。可从他嘴里出来，就是不像一支曲子。像某个电子阅读器在阅读电子文档。音乐本来是承载情感旋律的。他没有情感，没有小河一样连绵不绝的流淌。他嘴里的歌曲没有了生命的意义。

面 相

从一个人的面相，的确可以看到一个人的内心世界，因为相由心生。由表及里，也是这个道理，由表一定能及里。要及里必须由表开始。当然，还有善于掩饰自己的人。可是，不管你掩饰的技能有多高，毕竟是一件相当费力、费心的事，所以不会很自然。我们看过许多演员的表演，演得自然的，那其实已经不再是表演了，而且把表演当作真的事情发生，其实还不是"当作"，而是在那一个时间段，真的发生了。

相，体现着过去的经历。所以看相，我们就知道一个人的修养。如果相不变，那么所引向未来的是可以被预测的。但是，通过修行，相是会变的，那么未来也是无常的。事实上，相是不可能不变的。因为世界时时在变化之中。

小孩子一般不看相，为什么？因为他的相还没有生定型。

后　记

这是一本随笔，内容涉及儒释道与工作生活学习，是我在读印度奥修、中国老庄和孔子等著作时写下的心得。我用了一种极其平实的语言写作，用自己的经历作素材，深入浅出，虚怀之中不失关怀，幽默之时不失悲悯。我想读者能明白，在自我表扬中，有一种不明快乐。我把读书当作一种修行，但这本书，我无意指导人去怎么生活，更无意充当精神导师，我只是把自己的体验拿出来与众人分享，以获得一种共鸣的自足。

这是一直想出的一本书，但都因为在编其他的书而耽搁下来。我翻了一下电子稿，《代序》的写作时间是2008年。所以，这本边读边写的东西，应当是从2006年开始的。2008年整理完成。

我原本是要自己一张张画插图的。画了几张，实在费时间了，而我手上的工作又不允许我在这些事上花太大的精力。

我只得随缘了。

　　我的一位作家朋友说，这种东西有什么好看？一点都不像文学。我的另一位作家朋友说，这是心灵鸡汤，而且对他的诗歌创作很有启发。我想文学有写作与创作之分。这是写作，写作时，我只求明心见性，其余我什么都不管了。